TASCABILI BOMPIANI 1284

ROBERTO ANDÒ
IL TRONO VUOTO

I GRANDI TASCABILI
BOMPIANI

ISBN 978-88-452-7777-1

Via Angelo Rizzoli 8 - 20132 Milano

I edizione Tascabili Bompiani novembre 2014

Gli uomini di potere hanno un duplice problema:
sul piano politico, quello di esercitarlo;
sul piano simbolico, quello di disfarsene.
Jean Baudrillard

Del resto, ogni originale è già di per sé una contraffazione.
Thomas Bernhard

1

La ragazza col tatuaggio e Bottini stavano scortando il segretario lungo l'interminabile e lugubre corridoio del palazzo dei congressi. Nella grande sala attigua lo attendevano i delegati, impazienti di sentire il suo discorso di chiusura all'assemblea del partito.

Procedevano a un'andatura insolita, da parata, tutti e tre in silenzio, Bottini con la piega di un sorriso incongruo stampata sulla guancia sinistra. Inaspettatamente, dopo essersi fermato ad allacciare una scarpa, il segretario chiese di un bagno. Inaspettatamente, perché Bottini e la ragazza, dall'occhiata con cui accolsero la richiesta, sembrarono stupiti, o semplicemente giudicarono inopportuno un bisogno così tardivo. La ragazza, muscolosa, efficiente, senza sguardo, gli indicò una porta con il consueto simbolo che contrassegna i cessi.

"Se ne vuole uno più comodo..." si fermò un istante, timorosa di aver detto qualcosa di volgare, "... dobbiamo tornare di sopra. Qui c'è solo quello per il pubblico, è un po' piccolo, potrebbe anche essere in disordine."

Il segretario le guardò di sfuggita un polpaccio, poi sorrise: "Non si preoccupi, non mi tratterrò molto..."

Lo spazio era angusto, semibuio. Senza accendere la luce, il segretario si piazzò davanti allo specchio sporco, che gli rimandò una traccia illeggibile, opaca. Si contemplò per qualche istante in quella sinopia, poi estrasse il telefonino e controllò velocemente i messaggi, fermandosi a leggerne uno, lapidario: "Ti aspetto."

La sala, come previsto, era affollatissima. Al segretario sembrò di udire, nel brusio fitto che andava attenuandosi via via che si avvicinava al podio, un suono di campane prima lontano, poi più vicino, e un belare di pecore come non ricordava di sentire da molto tempo, forse addirittura dalla sua infanzia. Rimase un istante immobile, ma l'istante si protrasse tanto da dare una strana impressione al pubblico ormai sfinito dall'attesa, come se il segretario fosse colto da un improvviso, inspiegabile torpore, o da un cruccio indomabile, oscuro, tale da renderlo, incomprensibilmente, esitante e incerto. Ebbe appena il tempo di scorgere nello sguardo di Bottini, il suo fedele Sancho, un sorriso in cui si dissimulava, nel disagio, il rimprovero per quell'indugio grottesco e l'intimazione a disfarsene subito; poi la voce stridula di una donna iniziò a investirlo di insulti. Una raffica mitragliata da una voce monocorde, stentorea, a una velocità incredibile, da cui il segretario riuscì a estrarre, come una *petite phrase* – che in seguito lo avrebbe per molto tempo visitato –, solo il nitore di un breve passaggio: "Oliveri, tu non sei quello che sembri, sei il flagello che ci è stato mandato per tapparci la bocca, per renderci per sempre dei servi innocui, ma il tempo è galantuomo, prima o poi la vergogna ti paralizzerà…"

La donna era seduta in terza fila, a sinistra, e continuò a sciorinare la sua argomentata metrica ipnotizzando la platea, finché Bottini, seduto in prima fila, non fece cenno al servizio di sicurezza di intervenire. Due uomini alti, in completo di grisaglia, e la ragazza muscolosa si mossero subito e, dopo essersi avvicinati con discrezione, le bisbigliarono di seguirli. Senza neppure volgere il capo o rallentare il ritmo della sua performance, la donna, capelli grigi a caschetto, piuttosto elegante, continuò indefessa a vomitare insulti. Visto lo sgradevole protrarsi dell'imprevisto, i due del servizio di sicurezza, dopo una rapida consultazione con Bottini, la agguantarono sotto le ascelle e la trascinarono via.

La donna tentò di opporre resistenza, puntando i tacchi, continuando brechtianamente a recitare la sua invettiva. Il segretario, che sin lì aveva seguito imperturbabile lo svolgersi degli avvenimenti, subì con evidente senso di pena lo spostamento coatto di quel corpo ormai anziano, vagamente flaccido. Per un po', dopo che la donna e il gruppo della sicurezza furono usciti dalla stanza, si continuò a udire lo stridio dei suoi tacchi sul pavimento accompagnato da qualche urlo, e al segretario parve persino di sentirle pronunziare qualche parola in latino.

Poi si fece un silenzio perfetto. Ci fu dapprima un applauso stitico, isolato, poi un altro appena più consistente, infine l'intera platea iniziò ad applaudire compatta. Il segretario si schiarì la voce e lentamente, quasi in un sussurro, disse: "A chi pensa di liquidarmi con una sentenza che non contempla i benefici di una regolare istruttoria, vorrei ricordare il pensiero di un grande filosofo: Gesù Cristo non ha voluto essere ucciso senza un processo, perché è ben più ignominioso morire attraverso un giudizio che per una sedizione ingiusta."

Un altro applauso, che a lui sembrò interminabile, lo sommerse definitivamente, prima che potesse citare l'autore di quel pensiero sublime, e indicare un senso in ciò che aveva appena detto.

Più tardi, in auto, lungo la strada per l'aeroporto, il segretario non avrebbe scambiato una sola parola con Bottini. Soltanto dopo, seduto nella saletta a fissare il profilo rossastro del tramonto, si sarebbe deciso a chiedergli se anche lui avesse udito quello strano belato nella sala.

"Sì, è la suoneria di quel deficiente di Contini. Si è fatto registrare un gregge di pecore dal figlio che fa il fonico nel cinema."

La risposta lo deluse. In cuor suo aveva quasi sperato in un vaneggiamento. Bottini, guardingo, ne approfittò per fornirgli una spiegazione dell'accaduto.

"È una che nessuno conosce, una che non c'entra niente con noi, mi sono informato... Devono averla mandata loro, per provocare."

Il segretario distolse lo sguardo dal sole declinante, e glielo puntò addosso, stringendo gli occhi, lasciandolo galleggiare così, nel controluce, in attesa. Poi domandò: "E perché parlava in latino?"

"A quanto pare è una professoressa di lettere del D'Azeglio. L'anno prossimo va in pensione, forse le rode..."

Nel sonno – l'automobile era da sempre un irresistibile sonnifero per il segretario –, i singoli avvenimenti di quella giornata, pur agitandosi frenetici, si combinarono in modo sorprendentemente aperto, ricomponendosi in una sequenza allucinata, senza finale; anzi, lasciando come unico finale possibile l'immagine silente della professoressa guardata a vista dagli uomini della sicurezza, così come gli si era presentata quando aveva chiesto di incontrarla, prima di lasciare l'edificio dove si era svolto il congresso. Il segretario aveva manifestato il desiderio di restare da solo con lei;

Bottini e quelli della sicurezza, a malincuore, avevano acconsentito. Oliveri si era quindi seduto di fronte alla donna, all'altro lato del tavolo, e aveva aspettato. Dopo qualche minuto, lei aveva alzato gli occhi e, fissandolo, aveva detto: "In obscura nocte sidera micant."

Poi gli aveva sputato in faccia.

Risvegliandosi, Oliveri ebbe la sensazione, per lui insolita, di una leggera palpitazione. Le due auto di scorta si erano appena fermate davanti alla sua abitazione, un palazzo umbertino in un quartiere residenziale. Bottini lo stava fissando, e con la mano grassottella gli porgeva una cartella con dei fogli: "Questi sono i dati che mi avevi chiesto per l'incontro di domani, con quelli della Sinistra europea..."

Il segretario fece un cenno di ringraziamento e lo salutò con affetto: "Passa una buona serata, Andrea, mi raccomando." Scese dall'auto, ma non fece neppure un passo: rimase fermo, immobile, come se quella inesplicabile forza oscura stesse ancora trattenendolo. Poi si voltò, e, lentamente, si chinò ad affacciarsi dal rettangolo del finestrino, dove Bottini lo scrutava perplesso.

"Volevi dirmi ancora qualcosa... qualcosa che ti è sfuggito?" gli chiese Bottini.

Il segretario abbozzò un sorriso, ma si limitò a dire, con una strana voce in falsetto: "Addio Andrea," e si allontanò.

Bottini aspettò che raggiungesse il portone e, dopo averlo aperto, si voltasse ancora a guardare verso di lui – lo sguardo muto dove si raccolgono il confessato e l'inconfessabile, lo sguardo di un uomo un attimo prima che il portone di casa si richiuda dietro di lui lasciando alla clemenza della notte il giudizio –, poi sussurrò all'autista: "Possiamo andare."

La grana del silenzio nella casa deserta: gli era sempre piaciuto rientrare nel cuore della notte, nel mondo ormai assente. Attraversò il salone e si diresse senza indugi nella stanza da letto, lasciò cadere la valigia e iniziò a spogliarsi, sino a restare nudo. Euforico, raggiunse il divano, e vi si sedette. Indosso aveva solo gli occhiali. Non lo aveva mai fatto, di sedersi nudo sul divano di casa. Una scheggia del Vangelo di Tommaso, memoria dei suoi trascorsi da chierichetto, gli lampeggiò nella mente: "Quando vi spoglierete senza vergogna, quando vi toglierete le vesti e le calpesterete sotto i vostri piedi come bambini, allora vedrete il figlio del dio vivente e non ne avrete timore." Vergogna, anche la donna aveva usato quella parola – vergogna di che?

Il telefono squillò, lui non si mosse, lasciò che la segreteria scattasse, lasciò passare il messaggio automatico, poi la voce di Anna, la moglie, che diceva *Pronto Enrico, pronto Enrico, dove sei?* – e finalmente si alzò per andare a sollevare la cornetta. In quel preciso momento, si accorse di avere un'erezione.

"Sono arrivata a Shangai, ho visto al Tg1 quella stronza che ti insultava... Fottitene, questo paese è un merdaio. Tanto, prima o poi questa gente se ne andrà..."

Anna si produsse in una conversazione circolare, in cui al segretario non era concessa alcuna replica. La lasciò parlare per un po', poi la interruppe, secco: "Quando torni?"

"Giovedì, alle dieci. Domani c'è un incontro con i consulenti economici della regione cantonese, e la sera c'è il ricevimento dall'ambasciatore."

Rimasero in silenzio, poi lei aggiunse, per congedarsi: "Immagino che sarai sfinito... Fatti una dormita, e non te la prendere. Lo so che ti brucia, ma tu sei più forte di loro. Mi raccomando... un bacio..."

Quando il segretario riagganciò, l'erezione era sparita. Sul telefonino, un messaggio gli comunicava che i sondaggi lo davano al 17%, in caduta libera. Si versò un dito di whisky e iniziò a scrivere il biglietto. Quando ebbe finito di piegarlo e lo ebbe chiuso in una busta, si accorse che il tempo era volato – se voleva arrivare puntuale doveva sbrigarsi. Prese il trolley più grande, scelse rapidamente gli indumenti, le camicie, le cravatte, i pullover, le scarpe, e li sistemò con cura nel comparto. Poi le medicine, per ultimo i libri.

Quando uscì dal portone, una coppia era appena scesa da un taxi. Lei, bionda, occhi grigi, denti cariati, lo fermò mostrandogli un bigliettino col nome di un bed and breakfast: Best Rooms Vanitas. Il segretario, con un cenno della mano, le indicò il portone alle sue spalle, poi affrettò il passo.

Deciso, si avviò verso il viale dove passava il tram, sino all'incrocio. Si guardò intorno, smarrito, alla ricerca di qualcuno o qualcosa che evidentemente non c'era ancora. In quel preciso momento, sulla carreggiata opposta, una Mercedes nera iniziò a lampeggiare. Un istante dopo, un uomo giovane, calvo, scese dall'auto. Gli andò incontro, si strinsero la mano con una certa familiarità, poi l'uomo gli prese la valigia e la piazzò nel portabagagli.

Una volta in macchina, Oliveri, seduto sul sedile posteriore, si rivolse all'uomo con un filo di voce: "Grazie, Lucio, spero di non averti messo in imbarazzo..."

L'uomo lo guardò dallo specchietto. Aveva gli occhi mobili e scuri di un furetto.

"Non deve ringraziarmi, onorevole. Se ha deciso così, avrà le sue buone ragioni."

Poi l'auto si avviò, scivolando silenziosa per le strade deserte di Roma.

2

Prima di rincasare, a Bottini venne in mente di passare a salutare Furlan. Chiese alla scorta di lasciarlo in piazza Verbania, dove comprò due yogurt. Poi raggiunse a piedi l'abitazione del suo amico e maestro.

Dallo sguardo con cui lo accolse sul pianerottolo, intuì che non era di buon umore. Si scusò per l'ora, ma il vecchio, vestito con il solito cardigan bucato, lo aveva già preceduto nel grande salone pieno di libri.

"Abbiamo preso un abbaglio, siamo stati degli stronzi a puntare su di lui."

"Non credo avessimo molte alternative. Era ed è il migliore."

Bottini lo disse con il tono ostentato di chi dubita, anzi, di chi è macerato dal dubbio e proprio per questo non può concedergli ulteriori spazi. C'era un che di implorante nel suo sguardo, ma Furlan non sembrava in vena di indulgenze.

"Sì, in un certo senso è il migliore. Nel senso che ci risparmierà una lunga agonia."

Bottini, smarrito, gli gettò un'occhiata cauta, poi la voce profonda del vecchio gli rivelò, senza lasciare altri margini al dubbio, l'inappellabilità di quel giudizio: "Dopo la sua sconfitta non ci sarà più traccia di noi."

Alle prime luci del giorno, Andrea Bottini aveva l'abitudine di sedersi al tavolo della cucina e leggere. Anche ora, in attesa che il caffè uscisse, stava ansiosamente compulsando le ultime righe di un thriller di quattrocento pagine, e di tanto in tanto alzava lo sguardo per osservare la vertiginosa fuga di tetti incorniciata dalla sua finestra.

L'aroma del caffè cominciò a spandersi nella stanza mentre lo scrittore stava finalmente rivelandogli il volto dell'assassino, una giovane e avvenente cameriera in servizio in un lussuoso residence per ultramiliardari. Era lei che aveva strangolato la moglie di Ted Marvis, magnate del petrolio, e la sua segretaria, nonché amante, Leonore Cooper. Era lei che aveva sgozzato l'investigatore privato Marlon Tuttle, mentre lui perversamente le si accucciava ai piedi.

Compiaciuto, Andrea, depose il librone, si versò una tazza di caffè addentando un biscotto, poi accese la radio. Una giornalista americana stava leggendo in un pessimo italiano i quotidiani commentandoli per il pubblico.

"Se lei mi chiede como mai in Italia non c'è una veritable opposizione, le posso rispondere con una barzelletta sporcacciona, caro signore... La conosce quella dello zio che fa l'amore con tutte le ragazze della famiglia? Anche in Italia lo zio vole fare l'amore con tutte le ragazze, e a quanto pare nessuno vole veramente disturbarlo... Persino il partito di opposizione chiede la sua parte, e fa tutto per restare senza mutande..."

Andrea non la lasciò finire, girò stizzito la manopola della sua vecchia radio, poi aprì la finestra dove lo stava già aspettando il gatto randagio che ogni mattina gli faceva visita. Adagiò un biscotto sulla tegola. Il gatto si avvicinò cauto, lo annusò, poi ne leccò la superficie. Andrea richiuse la finestra, aspettò ancora un istante per cogliere il momento in cui il gatto avrebbe addentato il biscotto, lo vide indugiare, strizzare gli occhi, poi fulmineo decidersi e papparselo in un boccone. Sorrise grato, mentre il gatto, girando su se stesso, si allontanava lentamente, portandosi dietro come una scia la propria ingratitudine felina.

L'albergo era stato lui a sceglierlo: nel caos del centro, piccolo, discreto, elegante. La sala era già affollata, il grande tavolo dei relatori era occupato da sette uomini e una donna. L'unico posto vuoto era quello del segretario, il cui nome spiccava al centro, stampato su un cartoncino.

"Dove siete?" Andrea aveva digitato il numero del caposcorta, senza preoccupazioni o ansie.

"Come, dove siamo? Io sto a casa..."

"Che cazzo stai dicendo, Rocchi? Il segretario... chi lo va a prendere?"

"Ieri mi ha chiamato per dirmi che sarebbe venuto con i suoi mezzi... Che fa... ha cambiato idea?"

"A che ora ti ha chiamato?"

"Alle 23, più o meno..."

A Bottini venne voglia di piangere. Era la prima volta, da quando aveva iniziato a collaborare con Oliveri, che si verificava un disguido di questo tipo.

"Che, devo veni'... dottore?"

"No, resta lì, semmai ti richiamo."

Riattaccò. Provò subito il numero del segretario, ma non era raggiungibile. Compose un altro numero. La voce di una donna assonnata: Anna. Le spiegò cosa era successo, ma lei non riusciva a seguirlo, le sembrava un allarme esagerato. Aveva parlato col marito la sera prima, e l'aveva trovato tranquillo, anzi, abbastanza distaccato. Gli suggerì di parlare col portiere: "Lui ha le chiavi, digli di salire a vedere se è successo qualcosa."

Gli dettò il numero, lo congedò col tono di chi è stato svegliato per nulla.

Quando Bottini riattaccò, la sala era già strapiena e una donna lo guardava facendogli dei segni vistosi a indicare l'orologio. Lui le fece cenno di pazientare e telefonò al portiere.

Il portiere disse che se il segretario era uscito doveva averlo fatto nel cuore della notte: lui aveva aperto il portone alle sei del mattino e non l'aveva visto passare. Poi confermò di avere un doppione delle chiavi.

"Se vuole fare un salto andiamo a dare un'occhiata insieme," disse. "Io non voglio responsabilità."

La donna, nel frattempo, si era avvicinata e lo guardava stranita.

"Ha avuto un malore, non può venire."

Bottini glielo comunicò senza guardarla, a occhi bassi.

"Stai scherzando?" gli chiese la donna, stupefatta.

"No, affatto. Non verrà."

"Voglio parlargli, chiamalo."

"Ha il telefono staccato, non può parlare."

"Ma dov'è?"

"Non lo so neanch'io, ma più tardi mi chiamerà. Dobbiamo dire agli altri che c'è un imprevisto, penso che dovrai presiedere tu."

Più tardi, salendo le scale del palazzo (Bottini non avrebbe mai preso l'ascensore per nessun motivo al mondo), il portiere gli raccontò che una volta un pasticcio del genere era accaduto con l'inquilino del sesto, un commercialista. Ma quella volta – aggiunse il portiere, improvvisamente malizioso e circospetto – dietro la scomparsa del dottore c'era una donna. La moglie era già in villeggiatura, e lui non rispondeva alle sue chiamate, se ne stava tappato in casa con una tipa che doveva essere salita di notte. La signora, agitatissima, gli aveva chiesto di andare a controllare, utilizzando le chiavi che gli aveva lasciato in consegna per innaffiare le piante della terrazza.

Il portiere si fermò su un gradino sbrecciato, e lo guardò con un sorrisetto compiaciuto.

"Indovini come li trovai?"

Bottini riprese a salire, senza aprire bocca. Il portiere, indispettito dal suo disinteresse per le prodezze erotiche del commercialista, lo raggiunse, lo affiancò, lo superò, poi gli si piazzò davanti, bloccandone l'avanzata.

"Lui era legato, dormiva... Si fa per dire dormiva, sembrava morto... Lei invece si stava strofinando nel letto della signora con un'altra troia, una mora con le tette rifatte... si rende conto?"

Bottini annuì, la faccia contratta in una smorfia di sofferenza.

A quel punto il portiere si decise a estrarre un mazzo di chiavi e iniziò a provare nella toppa quale fosse quella giusta. Dopo due tentativi, riuscirono a entrare.

Solo in quell'istante Bottini si rese conto di essere preda di una oscura apprensione che, addentrandosi via via nelle stanze della casa deserta, sembrava possederlo del tutto. In un flash subliminale vide il segretario riverso nella vasca insanguinata, come Danton. Poi lo vide impiccato, penzolare dal soffitto dello studio. Quando giunsero in cucina, nell'aprire cautamente la porta, lo vide accasciato sul tavolo, con una tazza di cicuta accanto.

Fu la voce del portiere a scacciare quella galleria dei tarocchi con la carta del Suicida.

"C'è un biglietto, mi pare. Guardi lei dottore, che io non ho gli occhiali."

Bottini diede uno sguardo sul tavolo. Poi, lesto, prese il biglietto. Era scritto a mano, impossibile non riconoscere l'inconfondibile grafia del segretario.

Sono stufo delle miserabili beghe del partito. Ho bisogno di qualche giorno di solitudine. Se non facessi così non riuscirei a staccare. Perdonami. Andrea può giustificare la mia assenza con un piccolo ricovero urgente, in un luogo imprecisato. Senza creare inutili allarmi. Mi farò vivo appena possibile... non vi preoccupate. È il prezzo che prima o poi sconta l'uomo pubblico. Un bacio

Quando Andrea smise di leggere, si accorse che l'altro lo stava osservando con un'espressione di sfottò, come a dire *voglio vedere che cosa ti inventerai.* Con cerimoniosità british, invece, il portiere chiese: "È un biglietto dell'onorevole?"

"No, è un mio appunto, l'avevo dimenticato qui," rispose Andrea, con prontezza, nascondendo in tasca il biglietto.

Svoltato l'angolo dell'isolato, finalmente libero dall'invadente loquela del portiere, Bottini si affrettò a comporre il numero del cellulare della moglie del segretario, e con tono solenne le lesse il testo del biglietto.

Lei rimase a lungo in silenzio. Si conoscevano da troppo tempo per non essere consapevoli entrambi del fatto che lui sapesse che stava piangendo. Andrea attese con pazienza che le si ricomponesse la voce, seppure ancora incrinata dall'umiliazione.

"Dunque, se ne è andato."

Non disse altro, la moglie, ma in quella frase, pronunciata con una certa gravità, c'era tutta la sorpresa per il prodigioso avverarsi di una netta sterzata nel cammino di un uomo che fin lì non aveva mai fatto nulla di netto, nulla che non fosse l'andirivieni estenuante e sfocato di una mente in un perenne stato di esitazione. Rimasero ancora in silenzio, ognuno nel respiro dell'altro. Poi lui le chiese: "Hai idea di dove possa essere andato?"

"No."

"Ma non ti viene in mente nessuno... un amico?"

"Enrico non ha mai avuto amici. Sai meglio di me qual è la vita di un uomo politico."

3

Al misterioso richiamo, un canto probabilmente, il segretario si voltò di scatto, interrompendo una fantasticheria nebulosa e intricata che aveva a che fare con l'acqua. Era immerso in un fondale caraibico, con pesci tropicali, ma intorno a lui gli altri bagnanti, uomini e donne, erano tutti integralmente vestiti. Li vedeva fluttuare senza peso, avvolti nei loro cappotti. Uno di loro, più anziano, con la maschera e le bombole, se ne stava accucciato in una grotta, con indosso uno smoking impeccabile, e gli sorrideva.

Enrico aprì gli occhi, a fessura. La donna che aveva cantato, inequivocabilmente bella, così bella da poter dire che il tempo non le aveva ancora arrecato ingiurie, stava guardandolo con un sorriso pieno di aspettative. Era ferma sulla soglia della stanza, e portava un vassoio elegantemente apparecchiato – con un piatto fumante.

Il segretario si tirò su appoggiandosi sulla spalliera del letto. La donna depose il vassoio sul comodino, gli accarezzò la mano senza dire nulla, e uscì dalla stanza.

Danielle si muoveva con grazia, con quella grazia che appartiene alle donne consapevoli della propria bellezza. Raggiunse nel soggiorno una bambina e un uomo dai tratti orientali. Stavano mangiando in silenzio una minestra di porri, variante di una ricetta bretone. Danielle si unì a loro, guardandoli con quel sorriso che sembrava abitare il suo volto da sempre.

La bambina continuò a mangiare; l'uomo, invece rimase in attesa, leggermente spazientito. Danielle si servì, con gesti pieni di grazia, senza impacci. La bambina alzò gli occhi, la osservò portare con delicatezza il cucchiaio alla bocca, poi spostò lo sguardo sull'uomo, e lo vide in tensione, indecifrabile, vagamente recriminatorio.

"Come si chiama?" la bambina, Helen il suo nome, aveva pronunciato la domanda senza alcuna particolare notazione nascosta, solo con legittima curiosità.

"Enrico."

L'uomo lasciò un lungo intervallo al dominio del silenzio, ai gesti lenti di chi sa consumare un tempo in cui non accade nulla, poi chiese: "Non ci racconti niente? Come sta? Che dice?"

La bambina, a quel punto, si fermò, immobile, sospesa nel baratro spalancato da quell'interrogativo. Danielle guardò l'uomo, come sempre luminosa, implacabilmente serena.

"Sta bene, ma ci vorrà un po' di tempo prima che parli..."

Il cortile severo e la fuga discreta di tetti in ardesia ammantavano di una certa gravità l'orizzonte del condominio. A contrastare il prevalere dei grigi c'era solo un prato di erba fitto, bagnato dalla brina.

Il segretario era attratto dall'unica luce accesa, un po' laterale rispetto alla sua posizione. Si sarebbe detto uno studio, a giudicare dalla vistosa libreria. Era in piedi, e stava sorseggiando un caffè. Si era alzato molto tardi.

Tutto taceva nella casa, e lui, non avendo nulla da fare, poteva indugiare aspettando che alla finestra di fronte si rivelasse a un tratto qualcuno, un uomo o una donna che animasse la facciata eccessivamente statica di quello stabile parigino. Giochi della noia, pensò.

La noia, il suo terrore.

"Ma tu, perché hai scelto la politica, cosa ti ha fatto cambiare rotta?"

Gli era parsa particolarmente intrusiva la voce di Bottini, quella notte, nella lunga e penosa attesa dei risultati delle regionali, quando era entrato all'improvviso nella sua stanza alla sede del partito e gli aveva rivolto quella domanda, con lo sguardo di sfida che spetta ai falsari, agli impostori.

"La noia," gli aveva risposto Enrico. "Il terrore di annoiarmi."

Aveva esitato a lungo prima di dare quella risposta, perdendosi nel pensiero, vertiginoso, del tradimento di una vocazione a lungo accarezzata: la letteratura. Come se la scrittura fosse per lui, per statuto, religiosamente impastata di noia, o ne fosse quasi una propaggine. Dalla letteratura era poi passato al cinema. Aveva iniziato a frequentare i registi, folgorato dalla lotta che sembravano ingaggiare, attimo per attimo, contro l'inerzia del quotidiano. I registi gli erano sempre apparsi come gli eroici agenti di una guerra eterna, quella di chi inventa il mondo senza subirlo, quella di chi non lascia scampo alla noia. Ma non era così: ben presto aveva capito che per inventare il mondo col cinema bisognava dipendere dal denaro, subirne il ricatto, e lui non voleva rischiare, tantomeno sottomettersi al giogo altrui. Aveva così scelto il potere allo stato puro, o la sua illusione più convincente:

la politica. La noia, dunque. Anche quella fuga sembrava intagliata in uno stampo già mille volte scavato, riflesso ed eco di una catena di atti mancati da lui già offerti in sacrificio alla noia.

Stava cercando di ritrovare i dettagli della faccia stupita e delusa di Bottini alla sua risposta, quando apparve Danielle, in jeans e maglietta rossa, un vago accenno di fondotinta sul volto incantevole.

Si guardarono come se si vedessero solo in quel momento. Lei gli sorrise, accogliente ma distante.

"Mi dispiace di essere piombato in casa tua così... Sono veramente imperdonabile."

"Non sei cambiato," ribatté Danielle. "Sei sempre esagerato negli aggettivi."

Rimasero per un po' in silenzio, entrambi assaporando la consistenza irreale del movente che aveva fatto sì che si rincontrassero.

"Sei ancora più bella..."

Lei lasciò che il complimento le scivolasse addosso.

"Perché hai scelto me?" gli chiese, senza ansia o recriminazioni.

"Ero sicuro che non ti saresti stupita." Poi, dopo un istante: "Ho solo bisogno di tempo, Danielle, devo riprendere a respirare."

Lei continuò a guardarlo, limpida.

"Dimmi la verità, cosa ne pensi?"

"Che è una fuga. Un errore."

"No, non sto scappando. Sono perfettamente consapevole degli effetti che si scateneranno a Roma. Ma è questo che voglio: vedere cosa faranno quegli stronzi senza di me."

"Sono tutti stronzi nel tuo partito?"

“In un certo senso sì. Sono anime morte, cercano un padrone fittizio che ne rivendichi la proprietà.”

Danielle rimase in silenzio.

“Dove sono tua figlia e tuo marito?” chiese il segretario.

“Escono presto la mattina, per la scuola, poi lui va a lavorare nel suo studio.”

“Che lavoro fa?”

“Il regista.”

“Ah.”

La guardò, cercando nel suo volto una possibile risposta a una domanda che non aveva mai avuto il coraggio di farle. Sul talento, sulle promesse mantenute e su quelle mancate.

“Televisione, immagino.”

“No, cinema.”

“Ah!” “Lo conosco?”

“Se sei ancora il *cinéphile* agguerrito che frequentavo trent’anni fa, direi di sì.”

“Come si chiama?”

“Mung.”

Il segretario spalancò gli occhi, incredulo.

“È uno dei miei registi preferiti.”

“Non sei il solo, è adorato come una rockstar.”

“Cosa gli hai detto di me?”

“Tutto quello che era utile sapesse.”

Danielle si alzò, indossò un cappotto sportivo dai colori tenui, intonato alle sfumature *fauves* di un sottobosco muschiato, e si avviò verso la porta.

“Fai come vuoi, muoviti liberamente, fino a stasera qui non c’è nessuno. Se hai fame, in frigo c’è da mangiare.” Poi, uscita sul pianerottolo, si voltò di nuovo a guardarlo, con uno strano sorriso: “Sei sicuro di non voler chiamare tua moglie?”

Il segretario fece un vago cenno di no con la testa, poi le sorrise. Era sicuro.

4

Bottini faceva fatica a starle dietro. Anna, la moglie del segretario, continuava a trascinare il suo trolley per l'aeroporto in preda a una furia compulsiva, rimuginando ossessivamente sul peso da dare alla scelta del marito.

"Non lo condanno, troppa tensione, evidentemente ha pensato che l'unica soluzione possibile fosse sparire... Anche se in questo gesto riconosco tutta la sua arroganza... la voglia di punire chi non è con lui."

"Sono sicuro che ti chiamerà presto, che si farà vivo, non può evitarlo con te."

Lo sguardo di Andrea, divorato da un incessante rovello, era spento, assente.

"Non credo. Se dici così non lo conosci. Se non ci ha avvertito prima è perché ha bisogno di non vederci per un po'. È chiaro che noi due facciamo parte delle cose da cui voleva scappare. Sai cosa ci insegnavano i nostri docenti, nei primi anni d'università? Che il processo economico è fatto di scelte, e che ogni scelta corrisponde a un desiderio. Se uno decide di sparire, vuol dire che il mondo da cui scappa non appaga più i suoi desideri. È una legge abbastanza semplice, l'economia è spietata come la vita."

"Non credo, e in ogni caso io non mi rassegno, Anna. Gli ho dato i migliori anni della mia vita, per un progetto.

Non accetto che una persona a cui ho affidato la maggior parte delle mie aspettative decida di farle crollare sparendo nel nulla."

"Parli come un prete. Perché tu e quelli del tuo partito siete ancora dei preti. Preferite l'illusione alla realtà. Pensa agli allievi di Caffè: hanno continuato a cercarlo oltre ogni ragionevole speranza, solo per non tradire se stessi. Erano consapevoli che il piano escogitato dal loro maestro per sparire si sarebbe rivelato perfetto, ma erano altrettanto certi che la sua scomparsa li avrebbe annientati rendendoli degli orfani a vita."

Il tapis roulant rallentò bruscamente. Anna aspettò che il nastro si fermasse del tutto, poi impugnò il trolley e, trascinandolo, riprese a camminare. Andrea si voltò indietro, invocando una spiegazione, ma una donna e un bambino, a passo veloce, gli furono subito addosso. Si mosse, svogliato. Dopo qualche passo, la voce di Anna, implacabile, lo riacciuffò nelle spire di un pensiero ricorsivo.

"Perché Caffè era un pragmatico, sai? Come tutti i veri moralisti, era uno che sapeva trovare sempre le soluzioni giuste. E amava la musica, i romantici. Era il suo punto di fuga, la musica. C'è sempre un punto di fuga... Se c'è una cosa di cui sono grata al mio mestiere, è che mi ha abituato a non aver paura della verità. No, non ti illudere, Andrea: non lo troverai, se c'è uno che se vuole non si farà trovare è lui. La fuga l'avrà pensata nei minimi dettagli, pensa che da bambino sua nonna lo chiamava Maniac..."

Proseguirono in silenzio, ognuno per sé, perduto nei propri pensieri, sino all'automobile. Quando Andrea mise in moto, a ostruire l'uscita c'era una vecchia Golf guidata da una donna anziana. Si stava guardando intorno, smarrita. Sembrava confusa, o forse stava solo aspettando qualcuno.

Lo sguardo di Anna la ignorò, come se non ci fosse.

"Per me ci sarebbe una sola persona in grado di trovarlo."

Lo disse calma, col tono di chi vuole valutare le forze in campo prima di una battaglia.

"Chi?"

Andrea lo chiese d'istinto, senza staccare lo sguardo vigile dalla donna anziana al volante della Golf, ora impegnata a frugare nella borsetta, coi gesti lenti e solenni dei vecchi.

"Suo fratello."

Andrea si voltò lentamente verso Anna, inseguendo sul suo volto un indizio con cui decifrare il senso di quello che le aveva appena sentito dire. Era stupito.

La vecchia, intanto, aveva iniziato a fare retromarcia. Andrea continuava a seguirne i movimenti con una certa apprensione, cercando di mettere a fuoco le conseguenze della notizia che Anna aveva voluto riferirgli: "È uscito da pochi giorni. Ora lo considerano innocuo."

Andrea ingranò la marcia, l'auto cominciò a spostarsi. Dallo specchietto, si accorse che la Golf si era di nuovo inchiodata, e vide la donna scendere dall'auto, fargli cenno di fermarsi. Ma lui accelerò, si diresse verso la rampa.

Anna, impassibile, vide sfilare veloce sullo specchietto la smorfia implorante della vecchia. Alla sbarra, Andrea inserì il biglietto, sbagliando verso, poi lo rinfilò a rovescio, e finalmente riuscirono a passare.

"L'unica volta che Enrico ha nominato suo fratello in mia presenza ha detto che non si vedevano da trent'anni. Non so cosa sia successo tra loro. Tu, sicuramente, ne sai di più." Bottini lo disse con una certa riluttanza, consapevole di toccare un argomento sgradito.

"No, ti sbagli, non ne so nulla. È una storia in cui non mi ha mai lasciato entrare... Proprio per questo sono abbastanza certa che il fratello sia l'unico in grado di sapere dove si è nascosto."

"Si ritorna sempre nei luoghi del passato quando si scappa da qualcosa."

La frase di Andrea rimase per aria. Anna sembrava seguire il filo di un rancore non del tutto condivisibile.

"E poi, in fondo, cosa so io della sua vita precedente? Quando ci siamo incontrati aveva ventidue anni, io venticinque. Di cosa facesse prima so solo quelle quattro cazzate che i giornali riportano dalla sua biografia ufficiale... l'*enfant prodige* negligente e svogliato, la passione per il cinema, la folgorazione improvvisa per la politica."

Andrea lasciò che quelle parole ristagnassero nell'abitacolo e guidò in silenzio fino a casa di Anna.

In portineria, lei rifiutò il suo aiuto per le valigie. Lui, con una certa pena, la spiò dal finestrino mentre trascinava il trolley sino all'ascensore, vigilata dallo sguardo sornione del portiere.

Anna entrò in casa con la stessa sensazione con cui si ritorna in un luogo sacro dopo che è stato profanato. La vita le si era rivoltata contro in modo inatteso, irreversibilmente.

Iniziò a perlustrare le stanze in preda a una specie di stordimento, a una vertigine. Quello che più le dava sgomento era il sospetto di essere stata solo una parentesi, un episodio troppo prolungato nel corso principale della vita di un uomo destinato a tutt'altro. Rilesse il biglietto che Bottini le aveva recitato al telefono, e lo trovò orribile, affettato e maldestro nell'ipotizzare un ritorno dopo la fuga, come se nulla fosse accaduto. Un documento perfetto per certificare l'insensatezza del contratto matrimoniale.

Si interrogò sul significato della parola tradimento. Con crudele autocommiserazione si rivide, poco tempo prima, mentre consolava un'amica abbandonata dopo diciotto anni dal suo compagno, certa che mai potesse accaderle la stessa cosa.

Stremata, chiuse gli occhi. Cercò di immaginare dove fosse adesso Enrico. Al sicuro, nel suo luogo segreto. Lo immaginò in una stanza buia, immobile. Cominciò a piangere, in silenzio.

In modo intollerabile, da qualche parte, aveva fatto breccia in lei la certezza che ora, da solo, potesse tornare a essere felice.

5

La direzione del partito, convocata in modo irrituale per telefono, doveva valutare quale atteggiamento adottare. Era la prima volta che capitava una cosa del genere – un segretario irreperibile – e c'era il rischio che stavolta la spaccatura fosse motivata più dalle illazioni su chi era sparito che dai contrasti tra chi era presente.

I dirigenti, uno alla volta, sedettero ai loro posti abituali, lasciando desolatamente vuota la poltrona del segretario. C'era un silenzio insolito, solenne. Spiccava il ritardo di Bottini.

A prendere la parola per prima fu la dirigente che aveva dovuto presiedere il congresso dei partiti della Sinistra europea al posto del segretario, nell'ingrato ruolo di vicesegretario del partito.

"Credo che sia chiaro a tutti che la riunione di oggi è stata convocata, in evidente urgenza, alla luce dei problemi di salute, lievi a quanto ci è stato sommariamente riferito, del segretario. C'è da gestire una supplenza che speriamo breve, ma che, è inutile nascondercelo, capita in un momento delicatissimo e di grande fragilità per il partito."

Bottini, trafelato, fece irruzione con un mazzo di fotocopie sottobraccio, e, dopo un compunto accenno di saluto, iniziò a distribuirle a tutti i presenti.

La vicesegretaria lasciò che l'operazione si avviasse in silenzio, sotto lo sguardo sfottente dei membri della direzione, poi lanciò un commento sarcastico.

"Sono lieta di vedere il nostro instancabile Bottini. Temevo che anche lui avesse ceduto. Spero sia in grado di svelarci i contorni tuttora nebbiosi di questa improvvisa assenza."

Bottini, continuando il giro, non si lasciò intimidire.

"Scusate il ritardo, ma ho dovuto fare personalmente le fotocopie dell'intervento del segretario. Mi sembrava importante che anche oggi pervenisse a tutti voi la sua voce."

A quel punto, un uomo anziano, con un timbro stridulo simile al suono di una trombetta, proferì la fatidica domanda: "Posso fumare?"

La Pilenghi, era questo il nome della vice, lo fissò a lungo, sopra le lenti calate sul naso adunco.

"Terenzi," disse infine, "mi spiace che si ostini a ritenere un mero pleonasmo la legge che vieta di fumare nei luoghi pubblici. Anche se la sua autorevole personalità rischia di risentirne, mi opporrò con tutte le forze a che qui dentro la si infranga."

Ci fu un lungo, penoso, silenzio.

Terenzi, lentamente, rimise la sigaretta nel pacchetto. Poi scandì: "Ci sono ostinazioni che è bene lasciare che si ripetano perché se ne possa, ogni volta, cogliere sino in fondo il grottesco. Cominciamo pure."

La vicesegretaria, con aria sorniona, passò subito la palla a Bottini: "Dicci qualcosa... pendiamo dalle tue labbra."

"Il segretario sta bene e vi saluta tutti. Vi farà piacere sapere che tornerà ai suoi impegni tra pochi giorni..."

Bottini tentava di mantenere la consueta facondia, il suo stile largo e cerimonioso.

"Quanti?"

La domanda fu posta da Maletti, aperto oppositore della leadership del segretario. Magro, affilato, una parvenza di barba, elegantemente affondato in una giacca di lino color panna, guardava Bottini con una vaga espressione di sfottò.

"Ora come ora è difficile prevederlo. I medici parlano di qualche giorno... sono le solite cautele che si impongono in questi casi."

"Se è così, perché non si fa intervistare dai telegiornali? La gente adora vedere la convalescenza dei potenti... Se non lo farà, indurrà il sospetto che ci sia qualcosa di più grave."

L'intervento della Pilenghi ristabilì un silenzio compatto. Bottini si sentì addosso lo sguardo molteplice, pieno di sottintesi, di tutti i dirigenti. Ne emerse a fatica.

"Vi pregherei di considerare le ragioni personali che hanno indotto il segretario a questa discrezione, ma anche la lucidità con cui ha valutato che le immagini diffuse via etere di un suo ricovero in ospedale potessero, facilmente, prevedibilmente, essere usate dal governo per dare l'ulteriore certificazione di un partito ammalato. Sarebbe un regalo in più al nemico, offrire la propria testa al boia."

"Vedi, Bottini," replicò la Pilenghi, "tu sei un seduttore verbale, come il segretario del resto, ma le cose si muovono in modo diverso da come le vedono gli intellettuali. E questo dovreste averlo capito, ormai. La gente ama le piccole 'disgrazie' dei grandi, ama il fattore umano, ama la merda. Per me è quasi un dono inaspettato questo malore, e vi domando: perché non sfruttarlo? E poi, semmai, perché non parlarne direttamente con lui? Sarebbe la cosa più giusta, più normale, fargli sentire il nostro affetto e affrontare con lui il problema della gestione dell'opinione pubblica. Non credi, Bottini? Che dite, lo chiamiamo? Qui, adesso?"

Il consenso alla proposta della vicesegretaria fu unanime. Lei stessa si incaricò di digitare il numero sul telefono poggiato al centro del tavolo.

La comunicazione avvenne in interfono. Tutti poterono sentire lo squillo che si propagava, una, due, tre, quattro volte. Poi, a diffondersi nella stanza come quella di un fantasma, fu la voce del segretario, un po' metallica.

"Sono assente, non posso rispondere. È del tutto inutile che lasciate messaggi."

Più tardi, nell'emiciclo deserto di Montecitorio – si era appena fatta mezzanotte – due deputati si diedero convegno per parlare dei nuovi scenari aperti dall'inaspettata scomparsa.

"Allora, che spiegazione dai di questo mistero? In giro si dice che non sapete neppure dov'è. L'avete fatto fuori?"

Dopo avere esibito la sua proverbiale calata siciliana, il deputato Groppi rise, ingolfandosi di saliva.

"Non so molto di più di quello che sai tu, cioè niente," rispose cauto il capogruppo Salvia, uomo elegante, dall'aria perennemente circospetta. "Anche a me sembra una storia inverosimile. Che fosse già spacciato era sotto gli occhi di tutti."

"Avreste l'opportunità di scegliere finalmente un segretario su misura. Perché non ne approfittate?"

"Maletti è prudente, vuole capire se c'è sotto un gioco di prestigio, una sorpresa. E i tuoi, che dicono?"

"Anche i miei sono cauti, anche loro sembrano convinti che non sia vero. La mia impressione è che dubitino di poterne ricavare un vantaggio, almeno non subito. C'è un silenzio strano, il silenzio che prelude alla guerra."

"Magari sta davvero male. Magari è grave."

"Può darsi. Domani esce un'intervista di Bruni. Lo attaccherà con violenza, anche in modo scorretto. Vogliono stanarlo, vedere se risponde o se continua a tacere."

"Non mi pare che si senta la sua mancanza."

"No, non direi."

Risero entrambi. Ma Salvia si interruppe, guardingo, e controllò che alle sue spalle non fosse arrivato qualcuno.

"Non si capisce se è una commedia o una tragedia."

Lo disse senza muovere le labbra, con un virtuosismo di gola. La faccia, atteggiata alla più esagerata circospezione, adesso era madida di sudore e pallida.

"Una farsa," sibilò Groppi.

E gli serrò il braccio in una morsa d'acciaio.

6

Ci aveva messo un po' a capire che quel tonfo regolare, ritmico, implacabile, proveniva da Danielle. Era lei, nella stanza accanto, a darsi da fare con Mung.

Il segretario si era ritrovato in piedi sul letto, sudato, con l'orecchio rivolto a captare quel verso che per anni, a memoria, aveva rincorso, il verso del piacere, come lo chiamava lei. E, inesorabilmente, era arrivato: quello strano rintocco basso e cavernoso, oooooh-oooooh… sempre più ravvicinato e deforme, che d'improvviso si sarebbe placato in un vago lamento incomprensibile, un indistinto smozzicare di consonanti e vocali, simile al saliscendi tormentato, minuziosamente fraseggiato, di un canto salmodiante, accennato in una lingua sconosciuta, struggente tracciato dell'avvenuta ricongiunzione, nel segno del sacro, della carne e dell'anima. Poi, più niente, una calma assoluta. Si era chiesto se lei stesse piangendo, come tra loro era più volte accaduto, nel *post coitum*. Era così uscito nel corridoio, e si era accostato alla porta della stanza, trattenendo il respiro. Silenzio. Un silenzio pieno, evidentemente si erano subito addormentati, esausti.

Era rientrato in camera, e aveva cercato un libro su cui deviare la sua attenzione. Voleva a tutti i costi distrarsi tra le parole, trovarvi pace. Si era così trastullato con quelle tre frasi dell'autobiografia di un grande borghese azionista, uno dei pochi esemplari in Italia, solo lui e qualche suo amico, a Torino. Le leggeva e rileggeva: "La mia vita fino ad oggi è stata generica, cioè nulla: nulla in ogni campo, morale, culturale, politico. Forse oggi rinasco. Perché così tardi?"

Lui, invece, poteva ben dire di non aver mai vagheggiato rinascite, forse neppure adesso che si era deciso a fuggire da loro. E non si poteva dire che la sua vita non fosse stata altrettanto generica. Affidata al nulla, in ogni campo. Forse per lui la politica era proprio quel nulla. Non sempre, ma ora certamente sì. Che cosa definiva il politico, oggi, se non quel contatto sensuale col nulla? Il nulla che si infiltrava in ogni proposito, buono o cattivo che fosse, erodendone ogni sostanza. Per una misteriosa alchimia tra il talento e l'indolenza che ne caratterizzava l'agire, lui aveva saputo approfittare di quel nulla, attingendovi l'energia che tutti, anche i nemici, gli avevano sempre riconosciuto. Un'energia opaca, molle, infinitamente duttile. Un'energia direttamente proporzionale al nulla. Col libro in mano, dopo qualche minuto, si era addormentato.

Sul tavolo, nella stanza in penombra, c'era il vassoio con il resto della cena. Sotto le coperte il corpo disteso del segretario, prono. Sullo sfondo, oltre la parete, si sentivano dei gemiti. Il segretario aprì gli occhi, e restò in ascolto. I gemiti diventavano sempre più forti, era chiaro che nella stanza vicina avevano ripreso a fare l'amore. Oliveri restò un attimo immobile, chiuse gli occhi come se volesse rimuovere l'evidenza di quello che accadeva lì accanto. Poi si alzò di scatto, raggiunse la valigia, la frugò con furia, fece cadere una scatoletta di plastica che rimbalzando risuonò sul pavimento. Si fermò di nuovo all'ascolto, ma i gemiti continuarono, inesorabili. Tirò fuori dalla scatola un paio di tappi di cera e se li infilò nelle orecchie. Si sedette sul bordo del letto, imperlato di sudore ed esausto. Finalmente, era silenzio.

Si riaddormentò, e sognò, o credette di sognare, una tumultuosa seduta del Parlamento, in cui il meglio della rappresentanza politica italiana elaborava il lutto per la sua scomparsa. Nel corso della seduta, qualcuno leggeva il biglietto che era stato ritrovato in cucina, azzardando l'ipotesi che si trattasse di un rapimento ordito dai servizi segreti, per sottrarre alla democrazia l'unico uomo politico italiano ancora in grado di incarnare la speranza di un cambiamento. Un altro riferiva di una testimonianza segreta nella quale si segnalava che il segretario era stato avvistato da un'interprete in una toilette dell'ONU, in evidente stato confusionale.

Al risveglio, sulla poltrona accanto al letto, a osservarlo, trovò Danielle. Gli faceva segno, con una certa allegria, di togliersi i tappi. Lui, stordito, eseguì. E finalmente gli giunse all'orecchio la musica diffusa dallo stereo.

No one told you when to run, you missed the starting gun. / And you run and you run to catch up with the sun / but it's sinking / and racing around to come up behind you again. / The sun is the same in the relative way, but you're older. / Shorter of breath and one day closer to death. / Every year is getting shorter, never seem to find the time.

"Cosa ti fa venire in mente questa canzone?" sembrava chiedergli Danielle, con un sorriso da bambina birichina. “Un’altra vita...” pensò lui. E pronunziò a voce alta il nome fatidico: “Cannes...”

Lei annuì, complice.

“Non ti svegliavi mai, cominciavo a preoccuparmi.”

“Stanotte non riuscivo a prendere sonno...”

Lei glissò sull’allusione, con una piccola smorfia.

“Mi dispiace...”

Gli prese la mano, gliela strinse: “Ora devo uscire. Ho un appuntamento, mi hanno proposto un film. Devo incontrare il regista.”

“Come mai non lavori con lui?”

Il segretario, d’istinto, indicò la parete. “Con tuo marito...” Danielle con la testa fece segno di no, divertita dal riferimento alla notte trascorsa.

“Lui fa un film ogni cinque anni, morirei di fame se lo aspettassi.”

Lentamente gli si avvicinò, sfiorandolo appena sulle labbra.

Rimasto solo, il segretario accese la televisione – ARTE trasmetteva un documentario sui fratelli Rosselli. In bagno, preparò con meticolosità la schiuma per radersi, incombenza che svolse con estrema cura, lasciando in sottofondo il programma con le interviste realizzate a Bagnoles-de-l’Orne sulle ultime ore trascorse dai fratelli prima dell’assassinio. Indossò un abito che non aveva mai messo, un gessato a riga stretta. Poi cucinò una frittata con le cipolle. Calcolò che dall’ultima volta che si era fatto qualcosa da mangiare erano passati vent’anni. In cucina, mangiò di gusto l’omelette sfogliando un album di fotografie. Erano foto di diversi set cinematografici, in periodi e luoghi differenti. Danielle vi compariva nelle sue vesti di segretaria di edizione, con accanto vari registi, tutti compiaciuti e partecipi del suo fascino. In una foto riconobbe anche François Truffaut, in visita occasionale sul set di un collega.

Riposto l'album, volle dare un'occhiata al resto dell'appartamento. Si avviò per il corridoio buio, tappezzato di manifesti dei film in cui Danielle aveva lavorato, e si ritrovò dentro la stanza da letto dei coniugi. Sul comodino del regista, notò una copia in edizione economica dei *Memoires* di Saint-Simon; su quello di lei l'autobiografia di Katherine Hepburn, con la dedica: a *Giulia, che sa...*

Nella stanza, piuttosto grande e spoglia, c'era anche una piccola scrivania, occupata da carte, biglietti aerei usati, e un computer. Lo accese e cliccò su uno dei file nella scrivania, comparve la prima pagina di Repubblica. La scorse rapidamente sino a imbattersi in una notizia di taglio basso: *La misteriosa malattia di Oliveri. Ancora incerte le notizie sulle reali condizioni di salute del leader del partito d'opposizione.*

Cercò rapidamente di capire di chi fosse il computer, non gli fu difficile aprire un altro documento sulla scrivania: era un appunto di Mung, scritto in inglese. Iniziò a leggerlo, una didascalia iniziale diceva: interno/esterno, la scena dovrebbe svolgersi in una città come Londra.

Silenziosamente, in piena notte, un bambino si alza dal letto, si veste, prepara veloce uno zaino. Attraversa cauto un corridoio su cui affaccia la porta della stanza dei genitori. Cammina in punta di piedi, attento a non fare rumore. Entra in cucina, prende dal frigo delle mele, le ripone nello zaino. Inizia a scrivere un biglietto, cara mamma, caro papà, poi si ferma, lo strappa. Raggiunge la porta d'ingres-

so, si volta a guardare indietro il corridoio buio, esce.

La città è deserta, in giro c'è solo qualche barbone, e nebbia: il quartiere è più spettrale del solito. Cammina a passo svelto, sino a una fermata dell'autobus. Lì resta in attesa, a lungo. Così a lungo da iniziare a perdere ogni speranza e chiedersi se non sia meglio tornare indietro, sconfitto. Finalmente, in lontananza, vede svoltare la vettura, la vede avvicinarsi, col numero che diventa sempre più nitido: 38. Il bus si ferma, si aprono le porte, e il bambino può salire a bordo. Non c'è nessuno, nemmeno un passeggero. La porta si richiude, l'autobus riparte. Il bambino, esausto, si mette a sedere, guarda dal finestrino la città che sta per risvegliarsi. Solo adesso si accorge di un dettaglio cui sinora non aveva fatto caso. Si alza, e lentamente si avvicina al posto di guida. Quando lo raggiunge, il sospetto diventa d'un colpo certezza: il guidatore non c'è.

7

Bottini era seduto da più d'un'ora nella Sala delle Alabarde. Il divanetto su cui era stato invitato ad attendere gli permetteva di vedere i due corazzieri di profilo, stagliati sul rosso purpureo di un arazzo che a quella distanza, al suo sguardo miope, poteva apparire come una grande macchia di pittura informale, o come un enorme grumo di sangue esploso sulla parete.

Al telefono la voce del vicecapo del cerimoniale era stata piuttosto sbrigativa: "Il Presidente gradirebbe avere informazioni sulla salute del segretario, la può ricevere per dieci minuti alle 19. La preghiamo di essere puntuale..."

Non era mai stato da solo al cospetto del Presidente. Più volte aveva accompagnato il segretario a incontri riservati, rimanendo però nelle retrovie, in attesa, per lunghe, interminabili ore, in stanze surriscaldate (il Presidente aveva la fobia del freddo).

Quando il commesso gli si avvicinò, Andrea aveva gli occhi chiusi, e, da qualche parte, stava cercando di convocare tutto ciò che gli restava del suo allenato spirito di sopportazione. L'uomo si chinò e gli disse in un bisbiglio: "Tra qualche minuto il Presidente passerà dalla Sala dei Mappamondi e potrà intrattenersi con lei. Se vuole avere la gentilezza di seguirmi..."

Di mappamondi ce n'era uno solo, in palissandro. Il globo era stato intarsiato con preziosi legni multicolori, ma ora appariva sbiadito, illeggibile. Interi settori della Terra vi si percepivano disfatti, senza la certezza di un confine.

Trascorso qualche istante, nella sala entrò un uomo in abito e cravatta blu, con una chioma bianca e fluente. Silenzioso, l'uomo si piazzò in piedi davanti alla finestra, dandogli le spalle. Di tanto in tanto, accennava un movimento della testa, come un desolato commento a qualcosa di biasimevole, di fastidioso. Poco dopo entrò il Presidente, con passo felpato, seguito dal capo del cerimoniale. Tra loro e Bottini ci fu lo scambio di una frettolosa stretta di mano, poi il capo del cerimoniale, con un sorriso mellifluo, si congedò. L'uomo davanti alla finestra, invece, rimase immobile. Il Presidente prese posto nel punto più distante della sala e gli fece cenno di sedersi accanto a lui.

"Le cose non sono affatto chiare, mi sembra..."

Bottini attese per un po' che il Presidente desse un senso meno allusivo alla frase appena sussurrata, ma presto lo vide spazientirsi, e si sentì addosso uno sguardo irrequieto, severo.

"È davvero malato?"

Bottini non si era mai accorto che il Presidente aveva un leggero tremore, un riflesso incontrollato delle mani. Non poté fare a meno di guardargliele con una certa tenerezza.

"Certo, Presidente... ma posso assicurarle che si tratterà di un piccolo intervento, di una sciocchezza, che non lascerà strascichi. Tra pochi giorni, una settimana tutt'al più, Enrico tornerà tra noi, perfettamente guarito."

"Allora perché tutti questi misteri?"

Il Presidente non lo lasciò rispondere, riprese subito a parlare, abbassando ancora la voce.

"Con Oliveri siamo amici da trent'anni. Credo di aver influito non poco nella scelta che lo ha portato alla segreteria. Il paese, in questo momento, non può consentirsi la latitanza dell'opposizione. C'è chi non aspetta altro, per approfittarne."

A Bottini sembrò che il tremore s'intensificasse. Osservò in volto il Presidente: sembrava smarrito, gli occhi stanchi come sempre hanno i vecchi, lo erano particolarmente ora, vitrei, sfibrati, e improvvisamente invasi dalle lacrime, come se l'emozione avesse preso il sopravvento, cogliendolo di sorpresa.

"Riferirò al più presto queste sue sagge e premurose considerazioni."

Il Presidente lo trafisse con un'occhiata incredula, senza aggiungere altro.

In automobile, sulla tangenziale, Bottini accese la radio e ascoltò la breve notizia: "Un malore improvviso ha imposto qualche giorno di ricovero per accertamenti all'onorevole Enrico Oliveri, segretario del principale partito d'opposizione. Fonti interne al partito informano che le sue condizioni sono già migliorate. Non si conosce la natura del malessere, i collaboratori parlano di sovraffaticamento, né il luogo dove sta trascorrendo la degenza il leader. Cinquant'anni, fisico asciutto, l'onorevole Oliveri non ha mai sofferto di patologie allarmanti. Il Presidente della Repubblica gli ha rivolto l'augurio di piena guarigione, e l'affettuoso desiderio di ritrovarlo presto al lavoro."

Il finestrino aperto lasciava passare l'afa. Andrea spense la radio, si guardò nello specchietto e riconobbe l'inesorabile atteggiarsi di una sua posa abituale, con le linee del volto composte in una smorfia di disgusto.

Parcheggiò vicino a un campo di calcio ritagliato nella teoria di piccoli orti ben curati, sul limitare del grappolo di palazzine nuove, informi, che chiudevano il profilo pasoliniano del sobborgo. C'era uno squallore monotono, senza redenzioni possibili, ma non gli dispiaceva affatto. Si avviò a piedi verso l'ingresso del vasto conglomerato. All'imbocco della stradina incrociò un ragazzo, e gli chiese di indicargli il civico 87. Il ragazzo sembrò pensarci, per una frazione di secondo rimase zitto, poi gli rispose che l'87 non era da quelle parti. Forse si sbagliava. Quella strada arrivava al 32.

"C'è un'altra strada, oltre il campo, ma devi fa' tutto il giro, de qua non ce s'ariva, capito?"

Poi al ragazzo squillò il cellulare, e Bottini lo vide correre via. Decise di tagliare dal campo. C'era una squadretta di adolescenti che giocava con un allenatore calvo, truce, che continuava a urlare: "A stronzo coprilo, nun vedi che te sta' a scappa', dove cori deficiente!" Andrea si muoveva lungo il perimetro del campo, al di fuori della linea di gioco.

Mentre camminava, ascoltando quella voce, ricordò la partita che il segretario gli aveva fatto organizzare con i colleghi della direzione, "per sondare gli effettivi antagonismi e togliere ogni inutile fantasia a chi non ha titolo per partecipare al gioco," aveva detto. E ricordò il proprio stupore per l'abilità esibita in campo dal segretario, il suo controllo di palla, una certa lucidità nell'imbastire il gioco, nei passaggi, ma soprattutto la sua resistenza fisica. Correva lungo le fasce senza risparmiarsi, aiutava in difesa, e, quando aveva dei contrasti, si rivelava un lottatore. Nonostante il rispetto evidente che quella prestazione gli aveva procurato con i colleghi, negli spogliatoi, a fine partita, il segretario era assente, annoiato. Andrea gli si era avvicinato e gli aveva fatto i complimenti. Lui aveva alzato lo sguardo e si era limitato a dirgli: "Avrei preferito non farla, questa partita. Quand'ero giovane avevo a cuore altre cose. E mi compiacevo di non giocare a calcio come i miei coetanei. Oggi sono costretto a fare quello che fanno gli altri. Se è questa la politica, forse non ne vale la pena. Se non può più essere il terreno in cui sfidi gli altri a giocare in modo diverso, bisogna prenderne atto, con tutte le conseguenze."

L'intonaco del palazzo cadeva a pezzi. Il portone era stato lasciato aperto, lui lo imboccò deciso. L'androne era lercio, in un angolo c'era una rivista porno stracciata, i cui frammenti componevano uno strano essere umano con due culi sovrapposti.

Sulla buca delle lettere, e non sul citofono, trovò il nome che gli aveva dato Anna: Ernani. Salì le scale maleodoranti, assediate da un fetore acido, nauseante. Dei sei piani, solo all'ultimo trovò una targhetta col nome, ed era quello giusto. Suonò il campanello.

Ad aprirgli, un uomo dal volto familiare, lo sguardo filtrato da un paio di occhiali spessi.

"Il professore Ernani?" Andrea gli rivolse la domanda con una certa timidezza.

"Perché lo cerca?"

L'uomo lo guardava come si guarda un insetto, orientando di tanto in tanto la testa al profilo, con un riflesso equino.

"È una cosa un po' lunga da spiegare, si tratta di una questione delicata. Una questione privata."

"Mi dispiace, ma il professore non è in casa."

Andrea lo osservò spiazzato. Quei tratti mostravano inequivocabilmente che l'uomo davanti a lui era il fratello del segretario. La loro somiglianza non lasciava alcun dubbio: erano gemelli. L'unica differenza era che Ernani aveva i capelli grigi e il viso un po' più segnato.

"Si tratta di suo fratello Enrico."

"È morto?"

"No! No! Mi dispiace di averla spaventata..."

"Perché avrebbe dovuto spaventarmi, scusi?"

Andrea lo guardò ancora più basito.

"Posso entrare?"

"Se vuole..."

La casa era spoglia, per terra c'erano mucchi di libri e giornali. "Come vede, non sono attrezzato per ricevere visite."

Sembrava piuttosto divertito, il professore, dall'impaccio di Andrea. Bottini si accorse subito che un intero scaffale era occupato da libri col suo nome in copertina.

"Sono tutti suoi?" gli chiese meravigliato.

Ernani annuì, ne scelse uno e glielo diede.

"Lo tenga, è il più adatto. All'inizio può sembrare ostico, ma in verità anche uno come lei può arrivare fino in fondo..." Bottini, perplesso e un po' risentito, lo infilò in tasca.

"Se ci tiene possiamo parlare al ristorante, ce n'è uno non male a dieci minuti da qui... sa, a quest'ora in clinica avevo già finito di mangiare."

8

Alla stessa ora, a Parigi, anche Danielle, il marito e la figlia stavano mangiando, immersi nel silenzio del quartiere. Mung, dopo un po', avrebbe con noncuranza lasciato cadere una domanda, accompagnandola con una certa dose di sarcasmo.

"E lui lo lasci digiuno, stasera?"

"Non ha voglia di mangiare."

La figlia, il cui nome, Helen, era un palese omaggio alla donna che aveva ispirato *Jules e Jim*, si ribellò.

"Povero... perché non gli dici di venire qui, invece di starsene sempre chiuso in quella stanza?"

"Sa benissimo che se vuole può uscire..."

"Forse ha scoperto la sua condizione ideale," ironizzò il marito.

"Pensavo di portarlo con me e con Helen... Mi hanno confermato che il film comincerà la prossima settimana. Dopotutto la Camargue in questo periodo è bellissima... Lì almeno potrà sentirsi libero di fare delle passeggiate."

"Non capisco. Perché non le può fare qui le sue passeggiate?" la incalzò ancora Helen.

"Perché non è una persona qualunque. Nessuno deve sapere che è qui, lo potrebbero riconoscere."

"Perché, chi è?"

"È un uomo politico molto importante, in Italia."
"Come Sarko?"
"Sì."
Sulla soglia, intanto, era inaspettatamente comparso il segretario e tutti si voltarono a guardarlo, ammutoliti. Mung si alzò e gli andò incontro, cordiale: "Si accomodi, prego. Sono Mung, mi fa molto piacere conoscerla."
Il segretario gli strinse la mano, un po' smarrito.
"Mi dispiace di aver disturbato il vostro pranzo, ma ho finito un farmaco che non posso interrompere... devo cercare subito una farmacia, se mi dite dove posso trovarne una aperta, vado a comprarlo."
Danielle, premurosamente si offrì: " Posso andare io... che dici? Forse è più prudente..."
"No, mi fa piacere fare due passi, a quest'ora non credo ci siano particolari rischi."
"Allora la accompagno, ho anch'io voglia di fare due passi." L'intromissione di Mung fu talmente netta da non lasciare alternative. Il segretario ebbe una leggera esitazione, ma acconsentì: "La ringrazio, lei è molto gentile."

Camminarono fianco a fianco nella notte parigina, diretti alla farmacia notturna nei pressi della fermata di Bastille. Il segretario ruppe per primo il silenzio. "Lei è uno dei miei registi preferiti, sa?"
"Danielle me lo ha detto. Francamente, non pensavo di avere dei fan tra gli uomini politici italiani."
"Forse, sono io a essere un po' anomalo."
"Be', in fondo politica e cinema non sono così lontani... sono due campi dove il bluff e il genio coesistono da sempre, e spesso è difficile distinguere..."
Il segretario lo guardò sospettoso, come se avesse per-

cepito un riferimento a sé, ma Mung gli si rivolse accogliente: “Prego… siamo arrivati.”

Oliveri mostrò al dottore una ricetta col nome del farmaco. Questi fece un cenno sconsolato con la testa, poi sbrigativamente disse che quel farmaco non era in vendita in Francia, se voleva poteva indicargli un omologo francese, ma aveva bisogno di sapere che terapia stava seguendo, per quale problema. Il segretario, che non parlava bene il francese, non riuscì ad afferrare il significato della frase. Mung gliela tradusse. Poi chiese a Enrico di appartarsi con lui.

“Può dirmi di che disturbo soffre?”

Il tono era suadente ma il segretario, imbarazzato, esitò a rispondere. Mung non gli consentì indugi, gli chiese seccamente: “Lei è depresso, no?”

Oliveri chiuse gli occhi, senza rispondere. Mung si accostò al farmacista e sottovoce gli sussurrò che il suo amico soffriva di depressione.

Era trascorso qualche istante, durante il quale il farmacista si era allontanato per cercare il farmaco adatto, quando Mung, voltandosi, vide il segretario accasciarsi per terra, imperlato di sudore. Riuscì appena a sentirlo sibilare: “Mi dispiace.” Poi lo vide perdere i sensi.

9

Il ristorante era nascosto, impossibile vederlo dalla strada. Lo proteggeva un piccolo boschetto di pini, molto fitto. L'atmosfera era insolitamente quieta, una ventina di pavoni e di oche a passeggio qua e là gli conferivano un che di esotico.

Il cameriere accolse il professore con la familiarità riservata ai clienti abituali e lo condusse col suo ospite al tavolo preferito.

"Lei cosa prende? Qui fanno una buonissima matriciana."

Il professore ne ordinò una, Bottini scelse un petto di pollo e una verdura lessa. Nell'attesa delle portate rimasero in silenzio. Di tanto in tanto Bottini gettava una rapida occhiata verso Ernani, per captare un indizio di ciò che rendeva il suo volto, pur identico a quello del segretario, così diverso: quel quid che conferiva al suo sguardo un carisma fuori del comune, percepibile al solo contatto visivo.

Improvvisamente, Ernani interruppe le sue elucubrazioni e gli fece una domanda: "Lei cosa c'entra con mio fratello?"

"Sono il suo segretario particolare."

Il tono di Bottini era intimidito, a disagio. Cercò di

darsi coraggio e, seppure con un certo imbarazzo, rivelò al professore che il fratello era sparito.

"È la cosa più intelligente che abbia fatto in vita sua," commentò l'altro, allegro. Bottini cercò di schivare il tono ilare della battuta, e tentò di portare Ernani sul terreno che gli interessava.

"Lei dove pensa possa essere andato? Neanche la moglie ne ha la più pallida idea..."

A sentire nominare la donna, Ernani si illuminò: "Si chiama Anna, no?"

Bottini annuì.

"Una bella donna... L'ho vista in fotografia... Mi sono sempre chiesto quale colpa dovesse espiare per sposare un uomo così noioso... Come l'ha ridotta?"

Bottini, imbarazzato, rispose: "È ancora una bellissima donna."

Poi lo riportò all'argomento che gli stava a cuore.

"Mi dia una mano, professore. La prego, faccia uno sforzo, suo fratello deve avere chiesto ospitalità a qualcuno... lei è l'unico che può dirci chi lo sta aiutando."

"Sicuramente non è uno della vostra cerchia. Comunque, non è facile mettersi nella sua testa. Mio fratello non è mai riuscito a essere se stesso. Prima mi invidiava, era soggiogato dalla mia libertà... poi, come spesso accade ai mediocri, ha cominciato a odiarmi..."

Bottini sentì vibrare il cellulare e rispose: la voce era quella della vicesegretaria del partito. Si scusò col professore, e si allontanò per parlarle con tranquillità. Uscendo dalla sala scambiò un saluto da lontano con un uomo solo, seduto nella veranda: Arrighi, un giornalista politico.

L'uomo, incuriosito dalla presenza di Bottini, allungò il collo per vedere chi c'era al tavolo con lui. Osservò il professore di profilo e gli sembrò di riconoscerlo. Si alzò di slancio e lo raggiunse.

"Onorevole! Mi fa piacere che si sia rimesso."

Ernani lo guardò, interdetto. Poi accennò un sorriso cordiale. "Possiamo fare due battute?" chiese il giornalista. "Così, senza registratore?..."

Il professore gli fece segno di accomodarsi.

"I suoi capelli ingrigiti," esordì Arrighi, "sono una conseguenza della recente malattia?"

"No, sono un messaggio agli italiani," rispose prontamente il professore. "Siate onesti, smettete di tingervi."

Arrighi, spiazzato, lo guardò per un istante senza reazioni, poi ammiccò divertito e trascrisse la battuta sul suo taccuino.

Intanto Bottini cercava di contenere l'irruenza della vicesegretaria. Lei lo aveva appena informato che Maletti aveva trovato nello statuto del partito una clausola che prevedeva, in caso di assenza prolungata, la decadenza del segretario e la possibilità di eleggerne uno nuovo. Bottini si provò a rassicurarla, mentendo: "Guarda che sta per tornare, gli ho parlato poco fa. Il primario gli ha prescritto ancora qualche giorno di convalescenza, ma lo ha già messo in piedi, e lo fa camminare due volte al giorno..."

Nel frattempo, dai vetri del ristorante, scorse il professore che parlava infervorato con il giornalista, letteralmente pendente dalle sue labbra. Incredulo, troncò la telefonata e si precipitò dentro. Si avvicinò al tavolo piuttosto inquieto, appena in tempo per ascoltare un frammento della insolita lezione impartita dal professore al giornalista.

"Lei si è mai interrogato sul misterioso inganno che si

nasconde sotto la parola chiave della nostra epoca, *legittimità*?"

Arrighi guardava Ernani ipnotizzato, scuotendo la testa come un selvaggio al cospetto dello sciamano.

"Non ricorda Talleyrand? L'intima natura dei principi di legittimità è la facoltà di esorcizzare la paura... Perché, vede, è la paura il motore della democrazia. Non ci siamo mai abituati alla colpa ma cerchiamo di addomesticare la paura. La politica di oggi è figlia della paura, sua serva obbediente. La paura fa sì che la legittimità venga sempre relativizzata, in un reset continuo, a seconda di quanto dubbia sia l'origine del potere in carica. C'è sempre qualcosa da scovare nel passato di un potente: la debolezza di un papa con i preti pedofili, la corruzione di un premier, il doppio gioco di un grand commis, c'è sempre un potente che al momento giusto potrebbe essere messo sotto accusa e sacrificato per riconciliare la gente con la più straordinaria fiction oggi in scena: la democrazia. È questa la ragione per la quale nessuna democrazia può fare a meno dei servizi segreti, pur continuando a invocarne in pubblico una presunta trasparenza. La democrazia è il luogo della compravendita dei segreti e della paura, un luogo in cui tutti, prima o poi, possono aver bisogno di modificare la propria biografia. Tutti i potenti presumono di potere alterare la bozza della propria vita con una copia, giocando sul fatto che ormai è sempre più difficile distinguere i falsi dagli originali."

Il giornalista emise un verso di piacere, e si affrettò a trasferire sul taccuino l'ultima perla che il professore gli aveva elargito, nonostante non ne avesse compreso appieno il significato. Poi lo guardò ammirato: "Non so come ringraziarla, spero di non averla stancata troppo."

Anche Bottini, nonostante l'evidente apprensione con cui aveva seguito il discorso del professore, ne era rimasto affascinato. Ernani sembrava la reincarnazione del fratello, con l'aggiunta di una verve luciferina. Intanto, era arrivato il cameriere con la matriciana. Arrighi si accostò a Bottini e gli sussurrò compiaciuto che sebbene anomala come intervista – Ernani non lo aveva lasciato parlare – era comunque una bomba.

"Sembra un altro! Come l'avete rimesso in piedi?"

Bottini gli dispensò un vago sorriso, poi, salutato il giornalista, restò a guardare incantato Ernani, come se volesse penetrarne l'enigma. Il professore se ne accorse e lo invitò a sedersi, allegro.

"C'è cascato in pieno. Erano anni che non facevo questo gioco..." disse compiaciuto. "Da giovani, io e mio fratello ci scambiavamo sempre. Solo che io riuscivo a imitarlo senza farmi scoprire. Lui no. L'ho sostituito anche agli esami di maturità. Gli ho fatto fare una bella figura, sa?"

Bottini era sempre più allibito.

"Come si chiama quel tizio?"

"Arrighi. È un giornalista del *Corriere della Sera.*"

Il professore annuì. "A lei non dispiace se esce un articolo, no? Magari potrebbe pure esservi utile..."

Bottini non rispose, continuando a guardarlo come in trance.

"Ho detto a quel signore che il vero nemico del partito è un nemico interno, molto più insidioso di quelli all'esterno... la paura di esistere... Siete degli zombie e non lo sapete..."

Bottini sorrise, inebetito. Intanto il ristorante si era svuotato. Lui ed Ernani erano rimasti i soli avventori, e questo non gli dispiacque affatto.

10

Parcheggiò a una certa distanza dal palazzo del segretario. Lo raggiunse in un soffio, in preda a quell'eccitazione euforica di cui normalmente era portato a diffidare. Anna gli rispose al citofono, sorpresa.

"Stavo andando a letto, è quasi l'una."

Andrea non si arrese.

"Posso salire un attimo? C'è una novità."

Lei lo aspettò sul pianerottolo, davanti alla porta, l'aria stravolta di chi da giorni non riesce a dormire. Andrea le andò incontro con aria furbetta. Per un po' si guardarono in silenzio, poi Anna, in modo spiccio, pretese una spiegazione.

"Allora, che c'è, si è fatto vivo?"

Lui fu cauto, evasivo.

"Forse ho trovato una soluzione, ma devi essere d'accordo anche tu..."

Anna lo lasciò entrare. Si sedettero sul divano, dove insieme avevano trascorso nottate a parlare di politica, liste e incarichi da distribuire. Andrea le fece un resoconto dettagliato del pomeriggio appena passato e formulò la proposta senza tentare di mitigarne l'azzardo. Poi tacque, aspettando la sua reazione.

Lei sembrò arrovellarsi, ancora indecisa. Lo guardava.

Si guardavano. Infine, di scatto, Anna emise il verdetto. "Ci sto... e lo sai perché? Per fargli dispetto. Ma ti avverto... stai mettendo il partito nelle mani di un pazzo."

Andrea, tranquillo, respinse l'accusa.

"Non credo proprio. In ogni caso, ne avremo bisogno per poco. Finché l'unico pazzo in circolazione, cioè tuo marito, non si deciderà a tornare."

Si lasciarono. Dopo un'ora, Andrea suonava ancora al citofono, e, dopo qualche istante, Anna, aprendo la porta, accoglieva sul pianerottolo lui ed Ernani, quest'ultimo con delle valigie. Il professore le tese la mano, lei intimidita esitò, ma poi ricambiò il gesto con calore.

"Ci pensi tu, Anna, a far vedere al professore la casa, la sua stanza? Vi posso lasciare soli, insomma?" le chiese Andrea, cerimonioso. Lei fece cenno di sì con la testa, e lui si congedò con uno sguardo pieno di sottintesi.

Anna guidò il professore di stanza in stanza, lasciandogli per ognuna il tempo di prenderne visione, sino a quando non giunsero alla camera da letto che con Andrea avevano designato per l'ospite. Il professore, che sino ad allora si era limitato a osservare tutto con attenzione, subito si distese sul letto, come se volesse verificare la consistenza del materasso. Coricato, le fece uno strano sorriso, che lei, impacciata, ricambiò. Poi si mise a vuotare le valigie, mettendo a posto le camicie, i pantaloni, i completi, le scarpe – in gran numero e tutte perfettamente lustre. Lei notò che si trattava di un guardaroba di classe, di ottima sartoria, ma un po' démodé. Gli chiese se l'armadio fosse sufficiente. Lui le sorrise, continuando a disporre le sue cose.

"C'è del personale di servizio, in casa?" la voce era calda, pacata.

Anna, perplessa, per un po' lasciò che la strana domanda vorticasse nella sua testa. Poi, timidamente, rispose:

"C'è una donna che viene per qualche ora, a tuo fratello dà fastidio avere gente in casa."

Il tono incerto tradì il suo smarrimento.

"A me invece non dispiace affatto. Forse è meglio se le chiedi di restare tutto il giorno in questo periodo, fino a quando ci sono io."

Lei lo guardò ancora più perplessa, ma le venne fuori un sorriso.

"Va bene..."

A letto, Anna non riuscì a prendere sonno. Fantasticherie e presagi le affollarono la testa. Immaginò che il fratello del marito si svegliasse, urlando in modo isterico, e che lei dovesse adoperarsi per calmarlo, senza peraltro riuscirci, anzi alimentando ancora di più la sua ira. Era esausta, quando avvertì il suono del pianoforte. La prima volta, riconosciuto a orecchio il motivo dominante, lo prese per lo speciale refrain riservatole dai suoi incubi, il sottofondo sospeso e allucinato partorito dal suo dormiveglia. Era una melodia bellissima. Si alzò, e, senza accendere la luce, a piedi nudi, raggiunse il corridoio. Il suono proveniva dal salone, illuminato a giorno. Si avvicinò, e, dallo spiraglio della porta, lo vide: di profilo, suonava immerso in quella speciale atmosfera che circonda come un'aura l'esecutore di genio. Era Ernani l'interprete di quel pezzo sublime che lei non avrebbe, per ignoranza, mai saputo riconoscere. Come un pianista di professione, terminato il pezzo, il cognato si alzò, abbozzando appena un cenno con la testa.

"È un *Improvviso* di Schubert."

Lei sorrise grata, senza dire nulla.
"Questo pianoforte è mio, lo sai?"
"No, non lo sapevo."
"Tuo marito non ha mai imparato."
"Infatti. In vent'anni non gliel'ho mai visto suonare."
"Mi dispiace di averti svegliato."
Lei lo fissò a lungo, un po' stupita di se stessa, del modo in cui gli stava tenendo gli occhi addosso. Poi sussurrò: "Non importa, figurati."

11

Bottini, incollato al computer, scorse la voce di Wikipedia dedicata a Ernani, “filosofo italiano”. Il ritratto che se ne ricavava era quello di uno studioso geniale e precoce, in grado di produrre molto pur nella precarietà della malattia mentale che ne aveva funestato l’esistenza. Uomo schivo, di cui non esistevano fotografie o immagini filmate, Ernani era celebrato dagli artisti ma detestato dall’accademia. Aveva coltivato relazioni intense con intellettuali, scrittori e scienziati di tutto il mondo. Non si faceva riferimento alla parentela con Oliveri, ma si accennava al fatto che Ernani probabilmente era uno pseudonimo.

Bottini spense il computer. Prese il libro regalatogli dal professore, inforcò gli occhiali e cominciò a leggere.

Proprio come se nulla fosse avvenuto: potrebbe essere questo l’incipit appropriato per il racconto che mi accingo a iniziare. Come è noto, nelle intermittenze della necrosi storica si sprecano le ripetizioni. Di queste intermittenze, il Sud è certamente una delle declinazioni più atroci. Parossisticamente, con una ostinazione che somiglia al lento progredire dell’infezione, il Sud sfida la memoria, lasciando che i propri ricordi vengano, giorno per giorno, intrappolati nella fantasmagorica ragnatela del crimine.

Andrea socchiuse lentamente gli occhi, lasciò scivolare le lenti e si dispose inerme alla cattura del sonno.

Al mattino, davanti alla casa del segretario, si fermarono due auto blu e da una di esse, con studiata lentezza, scese Bottini. Il portiere gli andò incontro, sorpreso.

"Allora, l'onorevole è tornato?"

"Sì, stanotte," rispose Bottini, con ostentato compiacimento, " anzi, lo avverta che siamo arrivati."

Dopo qualche istante scese il professore, in abito molto elegante, un Principe di Galles confezionato in una nota sartoria di Palermo. Il portiere lo salutò con deferenza.

"Bentornato, onorevole."

Anche gli uomini della scorta, dopo averlo ossequiato, non ebbero modo di notare alcunché di diverso nel suo aspetto, benché il più giovane tra loro avesse tra sé commentato l'inaspettato manifestarsi dei molti capelli bianchi visibili nella chioma del segretario, con un muto cenno di approvazione, riservandogli l'accoglienza che si riconosce a un nuovo feticcio, rivelatore di un'accresciuta autorevolezza.

In macchina, Ernani tirò fuori di tasca un foglio e lo diede a Bottini.

"Ecco, è il referto di dimissioni dall'ospedale."

Andrea lo scorse: lo psichiatra che lo aveva avuto in cura per anni certificava la guarigione del paziente Giovanni Oliveri detto "Ernani", prescrivendo che continuasse l'assunzione a tempo indeterminato di un farmaco a base di lamotrigina, il Lamictal, fondamentale per il suo equilibrio mentale. Bottini intascò il certificato scambiando con il professore uno sguardo d'intesa. Poi a sua volta gli porse il Corriere con la sua intervista in prima pagina.

"L'hai letta? È semplicemente geniale."

Il professore scosse la testa.
"Hegel diceva che la lettura dei giornali è la preghiera del laico. Una vera stronzata, Bottini, ricorda. Io non li leggo mai."
Proseguirono silenziosi in auto fin quasi alla città universitaria. Qui Bottini chiese all'autista di accostare. Voleva poter parlare a quattr'occhi con Ernani.
Mentre camminavano, Bottini diede al professore le ultime raccomandazioni.
"Ti faranno un sacco di domande. Devi stare molto attento, cercheranno di capire che cosa hai avuto, attieniti a quello che abbiamo stabilito."
Il professore gli lasciò riassumere quello che avevano convenuto di dire.
"Che tipo di gente ci sarà?"
"È un forum sul lavoro, organizzato dalla facoltà di Economia, in sala ci saranno molti giovani. A parlare saranno un economista, uno di quei giornalisti che sanno tutto e non capiscono un cazzo, un sindacalista, e poi ci sarà Rezza, per il governo. Vogliono capire in che direzione andiamo, se siamo disponibili a fare un *mea culpa* sui patti sociali."
Da lontano, i giornalisti e i fotografi, in attesa davanti alla facoltà, li riconobbero e li raggiunsero. I fotografi iniziarono a scattare mentre dai giornalisti partiva una raffica di domande a cui il professore non rispose, sino a quando un uomo calvo, con le labbra sottili, attaccò in modo tagliente e malizioso: "Segretario, lei ritorna dopo una misteriosa assenza e subito ci stupisce proponendo l'esigenza di un cambio di linea, parlandoci di un partito che ha paura di esistere. Cos'è un pentimento, una tardiva ammissione di colpa?"

Il professore si fermò, lo guardò.

"Lei di che testata è?"

"Sono Corsini, segretario, sa benissimo chi sono."

Ernani taceva, limitandosi a osservarlo. Poi riprese: "Mi dica la verità, Corsini, lei dice mai la verità?"

"Che significa?"

"È semplice, io ho detto la verità sul mio partito... lei scriverebbe mai la verità sul suo editore?"

"Ma che c'entra?" fece Corsini imbarazzato. "Il mio è un giornale indipendente..."

Gli altri giornalisti cominciarono a ridacchiare.

"È vero, sull'intestazione compare la scritta *giornale indipendente*. Cioè, cominciate a mentire sin dall'inizio. Conosce il paradosso di Epimenide, il cosiddetto *paradosso del mentitore*?"

Sconcertato, Corsini cercò una via d'uscita.

"Senta, io le ho fatto una domanda..."

"E io le ho appena dimostrato che non merita una risposta," lo liquidò Ernani, con un sorriso. Poi, assieme a Bottini, che aveva assistito compiaciuto allo scambio di battute, fendette il muro umano ed entrò deciso nell'edificio.

12

Avevano viaggiato nel cuore della notte per evitare il traffico. Mung avrebbe preferito che partissero di giorno, ma Danielle non aveva voluto sentire ragioni.

Le separazioni tra Mung e Danielle, causate dalle occasioni di lavoro dell'uno o dell'altra, erano sempre malvissute da entrambi. Mung, ogni volta che si avvicinava una partenza, si chiudeva per giorni in un malinconico silenzio. Non avrebbe mai fatto parola di quel disagio con Danielle, anzi, era solito confortarla con una catena di cerimonie affettive, implicitamente fondate sul fatto che l'imminente distacco non venisse mai nominato.

Tuttavia, la partenza di Danielle con Helen e il segretario verso la Camargue avvenne nel segno di un'insolita agitazione. Al segretario parve un po' pretestuoso il motivo di preoccupazione addotto da Mung, il fatto che Danielle volesse guidare di notte, e parve del tutto esagerato il broncio risentito che a causa di questo era apparso sul volto di Danielle, ma fu sollevato quando, finalmente sul punto di salire in macchina, vide Mung baciarla sulle labbra, sussurrandole un verso di un poeta che nei suoi ricordi doveva essere Neruda: "Toglimi il pane, se vuoi, toglimi l'aria, ma non togliermi il tuo sorriso."

Nella grande cucina della casa di campagna presa in affitto da Danielle, nei pressi di Aigues-Mortes (un nome che al segretario era subito sembrato fatale, anche per il ricordo di una strage di operai italiani), Helen stava preparando la colazione. Aveva appena disposto sul tavolo l'occorrente, secondo l'elaborato rituale che le aveva inculcato la madre, quando era apparso il segretario, con indosso un pigiama rigato, color carta da zucchero. Si erano subito misurati con delle occhiate timide, di studio. Lei aveva imburrato un toast, e, dopo averlo cosparso con la marmellata d'arancia amara, glielo aveva offerto.

"Ti senti meglio?"

Enrico ringraziò, accennando un sorriso.

"Mamma mi ha detto che vi conoscete da molto tempo."

"Sì, da trent'anni, più o meno. Ci siamo conosciuti a Roma. Abbiamo anche fatto un viaggio a Cannes insieme."

"Anche tu eri appassionato di cinema?"

Il segretario annuì, guardingo.

La ragazzina tornò a fissarlo, con quel suo sguardo irriverente, testardamente ficcanaso.

"Stavate insieme?"

Oliveri fece un cenno di tacita ammissione. La ragazzina sorrise. "Mung dice che sei ancora innamorato di mamma."

Enrico rimase in silenzio, in un atteggiamento indecifrabile.

"Dice che si vede da come la guardi."

Colto in flagrante, il segretario arrossì. Il panico diffuse subito i ben noti indizi: sudore freddo, respirazione bloccata, alterazione del battito. Mung aveva intuito la verità. Il sistema di sicurezza di Oliveri rischiava di saltare definitivamente.

La bambina, furtiva, estrasse da un quaderno una foto e gliela porse. Enrico la osservò, pallido. C'era una coppia di ventenni su una spiaggia, lui a torso nudo, con dei pantaloni flosci, bianchi, lei in costume, con un pareo. Enrico se la rigirò tra le mani, lanciando timide occhiate alla bambina che, a sua volta, continuava a fissarlo col suo sguardo disarmante. Poggiò la foto sul tavolo. Avrebbe voluto dirle qualcosa, per esempio una frase a effetto sui fantasmi cui è impossibile precludere l'accesso, ma non disse nulla: si alzò imbarazzato e lasciò la stanza.

Si lavò e si vestì, in fretta. La casa era accanto a una piazzola attrezzata dalla forestale. In una cartina erano disegnati i percorsi delle passeggiate consigliate. Scelse il più facile, desideroso di smaltire il malessere procuratogli da quella rivelazione. Il sentiero si snodava tra le canne e i salici, e in certi punti la vegetazione diveniva così fitta da creare una cupa penombra. Camminò un paio d'ore e si ritrovò in una radura aperta, verdissima d'erba e cespugli. Più in là si poteva scorgere il muro di cinta di un caseggiato di una certa imponenza. Decise di avvicinarsi.

Un grande cancello lasciava intravedere un giardino maniacalmente curato, di piante rare. Al di là del giardino si stagliava la casa, severa ma ingentilita da un rampicante che ne invadeva sontuosamente la facciata. Non c'era nessuno, in apparenza. Il segretario, incantato, rimase a guardare per un po' il giardino. Dopo pochi istanti, dietro i vetri di una delle finestre, vide baluginare il profilo di un uomo calvo, che gli parve somigliare a Picasso. Fu un attimo, poi l'uomo sparì. Il segretario restò per un po' ad aspettare che riapparisse, poi riprese la strada per tornare a casa.

Lì Danielle e la bambina lo accolsero festosamente, ciascuna riservandogli attenzioni molto affettuose. Helen aveva preparato per lui una torta alle mele, e Danielle gli offrì subito un bicchiere di quello Chablis che aveva contrassegnato la loro estate di trent'anni prima, a Cannes, quando si erano amati. Brindarono con calore. Più tardi, dopo cena, lui raccontò a Danielle della casa col giardino che aveva intravisto nel pomeriggio. Lei lo ascoltò, affascinata dalla sua descrizione delle piante, poi gli rivelò che qualcuno gliene aveva già parlato, anzi, che in paese si mormorava che in zona abitasse un uomo che un tempo era stato molto potente, un tizio ricchissimo che non usciva mai di casa.

13

Il giornalista che moderava il forum introdusse il segretario: “Siamo particolarmente lieti di dare la parola all’onorevole Enrico Oliveri, che, dopo una breve assenza forzata, ci ha concesso il privilegio di ascoltare la sua opinione sui temi più urgenti di questo difficile momento politico, un momento che non sembra offrire molti spiragli alla speranza.”

Gli passò il microfono.

Il professore rimase un lungo istante in silenzio, contemplando la platea che gli era di fronte, in deferente attesa.

“Oggi vi parlerò della catastrofe. Un grande filosofo francese ha detto che la catastrofe è l’unica vera risorsa del Sud. Oggi possiamo vedere come essa sia divenuta, senza dubbio alcuno, l’unica vera risorsa della società italiana. La quale non sembra avere per sé altro programma che vivere sull’orlo di un abisso.

Non facciamo che sentire di nuove catastrofi, vere o inventate, e non facciamo che assistere a una politica e a un’industria che prosperano sulla catastrofe.

Mi chiedo come la gente possa tollerare tutto questo. E infatti la gente ne ha abbastanza, ora. Ma voglio dire una parola anche sul mio partito. Anche noi, infatti... noi che avremmo potuto opporci a questo andazzo, siamo stati poco chiari, siamo stati corresponsabili, siamo stati morbidi, siamo stati complici perché incerti, indecisi, vacui, disponibili.

Posso assicurarvi che da ora in poi non sarà più così. Sono qui per far sì che domani non si dica: i tempi erano oscuri, perché loro hanno taciuto?"

La platea scoppiò in un grande applauso.

Bottini, seduto tra la gente, si guardò intorno, sorridendo radioso, poi anche lui cominciò ad applaudire freneticamente.

"Vedo che sei tornato in piena forma, me ne compiaccio vivamente."

La voce di Maletti era suadente, come sempre in bilico tra l'irresistibile vocazione strategica e una certa dose di sincerità.

Il direttivo del partito si era riunito al completo per festeggiare il rientro del segretario. Via via che i membri lo salutavano, Ernani sfogliava un promemoria nel quale Bottini aveva sinteticamente tracciato il profilo dei dirigenti del partito, con i loro tic, le loro manie, i loro aspetti più riservati.

"Sei ringiovanito, sì, davvero, sembri rinato."

La senatrice Vulvi, blandendolo, non smetteva di guardare il professore, come se volesse carpirne il segreto, mentre lui se ne stava tranquillo, in mostra, al centro del tavolo, come un uccello raro.

"Bene, mi sembra che il punto urgente da discutere sia la proposta di Maletti di stabilire un'intesa elettorale con il partito di Nolfo."

A introdurre i lavori era stato designato Bruni, la cui

fama di stratega, seppure in declino, gli garantiva ancora, nella base, una autorevolezza indiscussa.

La Pilenghi lo interruppe bruscamente, e se ne dispiacque. Il peso dell'imprevista delega affidatale dal partito aveva favorito il riemergere del suo temperamento instabile.

"Io insisto. A pochi mesi dalle elezioni bisogna mantenere le distanze. C'è già una grande confusione in giro, soprattutto morale, il nostro elettorato percepirebbe questa alleanza solo come una ennesima mossa machiavellica, ed è l'ultima cosa che ci conviene fare."

L'uomo calvo, in disparte, affilò le parole, scandendole rauco.

"Bizantinismi. Conformismi. Tatticismi. Il fatto – ma tu Pilenghi non vuoi mai stare ai fatti – è che senza il centro di Nolfo queste elezioni le perdiamo. Non mi sembra ci sia molto altro da dire."

"A sentire voi, Machiavelli bisognerebbe bruciarlo e rimpiazzarlo con qualche giudice, state perpetrando un crimine senza neppure rendervene conto, assassinate la politica per obbedire alla devianza giuridica, al furore astratto della Legge..." un uomo d'età indecifrabile, che per parlare si era alzato in piedi, si lasciò poi ricadere sulla sedia, pesantemente, come un sacco.

"Nolfo mi ha chiamato, era molto preoccupato dal nostro silenzio, preoccupato dalle voci che circolavano sulla tua assenza, segretario, strategica a detta di alcuni, rivolta a segnare un distacco, una cesura dai moderati. Mi ha pregato di ricordarvi che non c'è più tempo per le manfrine, ha detto: *Ora o mai più*. Mi ha detto di dirlo soprattutto a te, Oliveri. Non hai ancora espresso un tuo parere a riguardo."

Tutti si voltarono a guardare il segretario.

La stanza e i suoi abitanti rimasero sospesi in un lungo silenzio.

Il professore iniziò a fischiare un motivetto che a poco a poco si rivelò essere una celebre aria della Carmen di Bizet. Poi si alzò in piedi, seguito dallo sguardo perplesso dei componenti del direttivo.

"È primavera! / Sottili veli di nebbia /celano anche la montagna senza nome."

Ernani si avviò verso la porta, ma prima di uscire si voltò a raccogliere lo sguardo stupefatto dei colleghi. Terenzi si alzò in piedi e lo puntò eccitato, con uno strano sorriso di complicità. La Pilenghi, in evidente imbarazzo, tenne gli occhi bassi, leggermente strabici. Bruni rimase con la bocca aperta, e sul suo volto apparve una espressione incomprensibile, in bilico tra lo stupore e la paura.

"È la mia / questa figura di spalle / che se ne va nella pioggia?"

Dopo avere declamato quei versi, il professore fece una specie di inchino, poi sparì.

Ad aspettarlo nel cortile c'era una marea di giornalisti e fotografi.

"Onorevole, può dirci cos'ha deciso il direttivo sulle alleanze elettorali?"

"Preferisco farvi io una domanda. Per sconfiggere questo governo, che come sapete è il peggiore della nostra storia, è lecito allearsi anche con il diavolo? Mi piacerebbe che il partito si soffermasse a discutere di questa alleanza scandalosa."

Tutti rimasero a guardarlo, allibiti.

"Si riferisce a Nolfo, onorevole?"

"No, sto parlando proprio di lui, del demonio. Esiste, sapete? Esiste il male assoluto. Solo che questo paese cattolico non ci crede, ha sempre preferito dei surrogati. Ma il sale rischia di non avere più sapore di sale a lungo andare."

Si avviò, ma un'altra domanda lo raggiunse.

"In pratica, farete o no l'alleanza?"

"Credo sia giunto il momento di squarciare il velo dell'ipocrisia. Il consenso deve cambiare forma. Così è ripugnante, non ha sapore, non sa di nulla. Il consenso è una cosa seria, e non ha niente a che fare con le alleanze. Oggi l'unica alleanza possibile è con la coscienza della gente. Ricordate Goethe: *Noi accettiamo l'esistenza, la dignità, la potenza di qualche cosa senza vederne né riconoscerne esattamente l'origine, la provenienza, il valore.* Ecco, qual è oggi la vera questione della democrazia in Italia."

D'un balzo, Ernani salì sull'auto. Bottini fece appena in tempo a raggiungerlo, e a saltare nel posto accanto.

Esultante, Bottini commentò: "Sei stato grandioso, professore! Ma come ti vengono in mente certe cose? *È la mia questa figura di spalle che se ne va nella pioggia?* Avresti dovuto vedere la faccia di Maletti... Ma che cazzo è, un indovinello?"

"No, è un haiku..."

14

“Perché non volevi dire a Helen che siamo stati insieme?”

“Non ero sicuro che ti facesse piacere...”

“Lo aveva già capito, gli adolescenti di oggi sono perspicaci, non come voi politici che capite tutto in ritardo.”

Il segretario e Danielle entrarono nella hall di un albergo sul lago. Davanti all’ingresso c’erano alcuni camion dai quali i macchinisti del film stavano scaricando le luci e i materiali di scena.

“Perché è successo, Danielle?”

“Perché non eri in grado di amare. Tu non ti sei mai innamorato, con me ti sei solo fissato. Sono l’unica persona che ti abbia fatto battere il cuore. Non è vero che la politica è fatta di passioni, è il lavoro ideale per chi non vuole vivere.”

Danielle ed Enrico attraversarono la hall e raggiunsero l’ascensore. Lei guardò sull’ordine del giorno a che piano era previsto il set, poi premette il tasto del quarto, ma, mentre le porte si richiudevano, videro arrivare di corsa l’attrezzista. Enrico schiacciò il pulsante della riapertura, appena in tempo per farlo entrare. L’uomo, attempato, aveva in mano una scatola di preservativi, che Danielle guardò divertita.

"Non sono per me, il regista me li ha chiesti per il set."

Le porte si riaprirono su un corridoio. Più in là, un gruppetto di persone si agitava intorno alla macchina da presa, il regista e l'operatore stavano provando un carrello.

"Danielle! Ma dov'eri finita? Mi serve il minutaggio della scena 40."

Il regista, quarant'anni, magro, scrutò il segretario con un certo sospetto.

"Aspettami qua..." disse Danielle a Enrico, poi prese gli appunti e corse verso il capo.

Enrico si guardò intorno, continuando a osservare a distanza il parlottare fitto del regista con Danielle, sino a quando un ispettore di produzione, un tipo tarchiato con una cicatrice sulla mascella, gli chiese di allontanarsi.

"Non può stare qui."

"Ma sono un amico di Danielle..."

"Mi fa piacere, ma non può stare lo stesso, il regista sta provando una scena delicata. Se più tardi mi autorizzeranno a farla assistere alle riprese la richiamerò... intanto le consiglio di aspettare nella hall."

Oliveri, a malincuore, si avviò, sotto lo sguardo vigile dell'ispettore.

Nella hall, una finta poltrona Frau gli parve la più adatta per schiacciare un sonnellino. Sentiva una certa stanchezza.

Quando si svegliò era trascorsa un'ora, ma nessuno era venuto a cercarlo. Si alzò e si diresse verso l'ascensore, poi ci ripensò. Uscì in strada, avviandosi verso il piccolo centro: non aveva l'aria stucchevole della tipica cittadina della provincia francese.

Appena sulla piazza, fu attratto da una boulangerie, spiò curioso dalla vetrina le diverse forme di pane e di dolciumi. Aveva fame, entrò e comprò una brioche, che divorò subito. Bighellonando, il suo sguardo cadde sull'edicola vicina, e si accorse che esponeva un giornale italiano. Si avvicinò, lo osservò: in prima pagina c'era una fotografia del segretario del partito d'opposizione che parlava attorniato dai cronisti. Il titolo a caratteri cubitali, recitava: *L'opposizione ritrova il suo leader. Mai parole così chiare.*

Poco lontano da lì c'era una cabina telefonica, il segretario chiese all'edicolante dove poter acquistare una scheda telefonica, gli fu consigliato di andare dal tabaccaio, dietro la piazza. Con la scheda in mano, entrò nella cabina, compose il numero e aspettò che squillasse il suo telefono di casa. La moglie dovette abbandonare l'elaborazione dei complessi calcoli sull'evoluzione del costo affrontato dall'umanità per liberarsi dei propri rifiuti, e correre a rispondere. Per qualche secondo dalla cornetta si diffuse solo un silenzio caveale, sporadicamente attraversato da profondi respiri, interrotti da un piccolo tic, lo scatto telefonico. Poi la donna chiese: "Pronto, pronto, ma chi è?", invano. A quel punto, dal vetro della cabina, si materializzò una ragazza dai capelli rossi, che iniziò a picchiarvi ritmicamente il pugno per richiamare l'attenzione del segretario, tanto da costringerlo, per il rumore, a riparare la cornetta con la mano.

"Se vuole assistere alle riprese, deve sbrigarsi, stanno per cominciare, poi non potrò farla entrare più, sono Marà, mi manda Danielle..."

La voce della ragazza arrivava ovattata ma perfettamente udibile. Il segretario la fissò torvo per un lungo istante, poi riattaccò.

La ragazza lo precedette, di tanto in tanto voltandosi a controllare se ci fosse ancora. Era bassina, ma molto attraente, un corpo morbido, piuttosto sensuale. Quando entrarono nell'ascensore dell'albergo, lo avvertì: "Quando verrà battuto il ciak, le raccomando di restare fermo e zitto, se no ci manda al diavolo la ripresa, e il regista se la prende con me..."

Lui la guardò e le sorrise: "So benissimo come ci si comporta in un set."

La scena era ambientata nel corridoio dell'albergo. Una ragazza sulla ventina lo percorse e si fermò davanti alla stanza 561. Bussò tre volte. Alla terza, dopo poco, la porta si aprì. La donna venne risucchiata da qualcuno che la tirò dentro con forza. A quel punto, il regista diede lo Stop!, e disse: "La rifacciamo, ma stai attenta Annette, cammina più al centro e leggermente più svelta..."

15

Prima di uscire di casa, Ernani aveva l'abitudine di guardarsi allo specchio per controllare lo stato dei capelli, il punto debole della sua vanità. La duplicazione lo eccitava, la malizia di un'immagine che dallo specchio poteva ammonirlo, o blandirlo, gli procurava un brivido irrinunciabile. Anna, dal salotto, lo stava spiando, lui ne avvertì lo sguardo. Si voltò e le sorrise.

"Stai bene, sei elegante..." sussurrò lei, rassicurante.

Anna avrebbe voluto ringraziarlo per i fiori che le aveva mandato: i ranuncoli erano i suoi preferiti. Ma non riuscì a dire nulla, ogni iniziativa con quell'uomo le sembrava fuori luogo. Il professore, inaspettatamente, si avvicinò e la baciò sulla guancia. Lo squillo del telefono li sospese per un attimo in quella strana posa. Anna si scusò, allontanandosi.

"Pronto... pronto?"

Dall'altra parte c'era silenzio. Anna rimase con la cornetta sollevata, in attesa. Ernani la scrutava.

"Cosa c'è?"

"Non è nessuno ma si sente un respiro. Non è la prima volta che capita."

"Non importa, chiunque sia richiamerà..." fece lui, tranquillizzante. Lei lo continuò a guardare, inquieta. Lui la sfiorò con una carezza, lei ne ebbe un brivido.

"Adesso devo andare," disse Ernani, e la baciò.

Il portiere lo stava aspettando sulla soglia dell'ascensore, euforico per la folla di giornalisti che dal mattino sostava davanti al portone. Il professore, bersagliato dai flash, salì sull'auto della scorta e si diresse verso la sede del partito.

La segretaria personale e Bottini lo attendevano nel suo ufficio. Tra gli impiegati si respirava un fervore del tutto nuovo. Dopo un'occhiata d'insieme a quella sede moderna e pretenziosa, Ernani se ne dichiarò insoddisfatto.

"Questo posto fa proprio schifo. Ma chi l'ha scelto?" chiese alla segretaria.

"Lei, onorevole..." rispose la donna, sorpresa.

Bottini, pronto, lo trascinò verso la sua scrivania, e lì il professore si mise subito a firmare documenti, ad assumere impegni amministrativi per l'imminente campagna elettorale, supportato da Andrea che ogni tanto gli sussurrava all'orecchio un suggerimento o una preziosa informazione. A metà pomeriggio, Ernani diede un'occhiata all'orologio e ordinò alla segretaria di disdire ogni altro appuntamento: doveva andarsene alla svelta. Bottini, allarmato, lo inseguì sino alla porta.

"Ma che devi fare di tanto importante?" gli chiese in affanno.

"Se vuoi saperlo, vieni con me," gli rispose l'altro, ammiccando.

Scesero dall'auto davanti al cancello di un edificio largo e basso, un parallelepipedo rosa, alla periferia della città. Bottini lesse di sfuggita la targa: "Centro ricreativo di salute mentale", poi, seguendo il professore, spinse il portone antipanico. All'interno, un altoparlante diffondeva la melodia di un ballabile piuttosto veloce. Bottini si affacciò su uno stanzone affollato di gente che si dimenava, in un caldo soffocante. I ballerini erano tutti un po' anziani, piuttosto eleganti. Continuarono a ballare sino a che il pezzo, una salsa, non finì.

Quando si fece silenzio, avvistato il professore, cominciarono ad applaudirlo. Ernani iniziò a muoversi tra loro stringendo le mani, perdendosi negli abbracci, e intanto continuava a guardarsi intorno. Da un angolo della sala, una donna giovane e molto bella incrociò il suo sguardo. Ernani si illuminò, le sorrise, visibilmente rinfrancato. La donna gli andò incontro, mentre la folla si apriva per lasciarla passare. Aveva un passo claudicante, indolente, e lo sguardo acceso. Bottini, sempre più perplesso, chiese al professore chi fosse quella gente.

"Sono gli amici con cui tutti i giovedì mi ritrovo per ballare," rispose Ernani.

D'improvviso, dall'impianto stereo risuonò un attacco di batteria e il professore accolse tra le sue braccia la ragazza. Lo scatenato rock di Chuck Berry si diffuse nella sala. Il professore e la sua compagna iniziarono a ballarlo a un ritmo indiavolato, eseguendo perfettamente le figure. Bottini osservava esterrefatto gli ancheggiamenti e le altre evoluzioni del professore e della sua partner. Poi si accorse che una donna un po' in carne, dall'aria viziosa, gli stava lanciando dei sorrisi, invitante. Imbarazzato, distolse lo sguardo. Ma la donna continuò a fissarlo, sempre più allusiva. Improvvisamente se la ritrovò addosso, che lo spingeva al centro della pista. Lo aveva preso per mano e lo faceva volteggiare di qua e di là. Bottini chiuse gli occhi, trattenendo il respiro. La donna continuava a stringerlo a sé, premendogli contro il suo seno esuberante. Dopo un po' udì la sua voce rauca, profonda, che gli sussurrava all'orecchio: "Lasciati andare..."

16

Il regista, Claude, si era rannicchiato su un cubo di legno, sotto l'obiettivo della macchina da presa. Aveva una voce nasale, di testa, inutilmente manierata. Quando poté pronunciare il fatidico *Motore!*, nella stanza si creò una calma assoluta religiosa. All'Azione!, un uomo dal fisico atletico, completamente nudo, attraversò la stanza e aprì la porta. Gli apparve il volto di Annette, che lo fissava, agitato. L'uomo l'attrasse a sé, trascinandola dentro la stanza. Una volta al sicuro, la baciò, la spogliò velocemente. Si avvinghiarono, buttandosi per terra, travolgendo insieme alla sedia l'*étagère* con la lampada arabescata. Lei sparì sul suo sesso. Lui, a fatica, trattenne il respiro, gli occhi chiusi. Tutti i componenti della troupe trattennero il respiro con lui. Nel silenzio si udì solo l'ansimare di Annette. Poi, fortissimi, arrivarono tre colpi improvvisi alla porta. Lei si fermò, atterrita. Guardò verso la porta, poi verso di lui, che invece con un cenno la incitò a continuare, sorridendole, allusivo. Lei, esitante, riprese. Altri tre colpi, questa volta più violenti. Una voce maschile: " Paul, sei lì... aprimi!" Poi, di nuovo silenzio. Annette e l'uomo si guardarono: ora era lei a trattenere il respiro. Lui si alzò, con passo felpato si accostò alla porta, appoggiandovi l'orecchio. Rimase così, immobile, per un istante, poi si voltò verso la donna, facendole un cenno con la mano: "Se n'è andato..."

Il regista diede lo *Stop!* Gli attori e i membri della troupe si rilassarono, finalmente sollevati.

"Quanto dura?" chiese il regista.

Danielle consultò il cronometro: "Due minuti, all'incirca."

Il regista, incerto, le si accostò, chiedendole se la trovasse troppo lunga. Lei non rispose subito, continuava a tenere lo sguardo su Enrico: era rimasto seduto, immobile, gli occhi puntati verso la zona del tappeto su cui si era svolto l'amplesso tra gli attori. Sembrava rapito, turbato. In trance.

La sera, a cena, il ristorante fu monopolizzato dai membri della troupe, riuniti in diverse tavolate. Il regista sedeva in compagnia degli attori principali e di un paio di stretti collaboratori. A una lunga tavolata, mimetizzato tra gli attrezzisti, i macchinisti, le sarte e i parrucchieri, c'era anche il segretario. Non sembrava umiliato da quella retrocessione tra i lavoratori, anzi, chiacchierava amabilmente con l'assistente, che nel frattempo si era ammorbidita con lui e sembrava ascoltarlo incuriosita. La storia autobiografica inventata per lei da Oliveri era quella di un uomo che ha lasciato la famiglia e un lavoro ben retribuito per uno spleen, un disgusto esistenziale. Ora era pronto a ripartire da zero.

"Sembra un film degli anni settanta," commentò lei, spiazzandolo un po'.

Al momento del conto, Oliveri si accorse che Danielle non era più al suo posto e la cercò fuori dal locale. La trovò appartata in un angolo del giardino, col regista.

Lui le stava trattenendo la mano, sussurrandole parole d'amore.

"Non so cosa mi succede, non faccio che pensarti, Danielle..." Lei, liberandosi dalla presa, cercava con eleganza di sottrarsi. "Non fare il bambino, non rendermi la situazione complicata, cerchiamo di lavorare da buoni amici."

Danielle si accorse che Enrico li stava spiando. Disse al regista: "Scusami un attimo," e raggiunse l'amico. Enrico cercò di alleviare il suo imbarazzo: "Evidentemente, non si può fare a meno di amarti..." Lei gli chiese il favore di raggiungere a casa Helen, che era rimasta sola. Lui assentì, obbediente, senza neppure tentare di nascondere i sentimenti che provava per lei.

La porta della stanza di Helen era chiusa. Enrico abbassò la maniglia cercando di non farla cigolare. Un piccolo lumino al capezzale del letto rischiarava appena la stanza. In punta di piedi, raggiunse l'unica sedia e vi si sedette. Helen dormiva profondamente, e di tanto in tanto nel sonno emetteva un mugolio, una specie di cantilena.

Dopo poco, rabdomanticamente, la bambina cercò la mano di Enrico, e, appena la ebbe trovata, gliela strinse. Lui, sorpreso, ricambiò. Trascorsero una decina di minuti, poi lei, senza neppure aprire gli occhi, parlò: "Potresti sdraiarti accanto a me? Ho un po' di paura, stanotte."

Il segretario esitò un istante, e dopo essersi liberato delle scarpe, prese posto accanto a lei in un angolo del lettino. La bambina lo abbracciò: "Grazie, Enrico." Restarono così, per un po'. A un certo punto, nel dormiveglia, lei gli chiese di spegnere anche il lumino. Lui lo spense. Nel buio completo, dopo poco si addormentarono entrambi.

"Hai figli Enrico?"

Helen pronunziò la domanda in una sorta di dormiveglia, a notte fonda. Lui le rispose con un bisbiglio: "No." Sentì le braccia di Helen che lo stringevano ancora di più. Restò così, immobile, in attesa, sino alle prime luci del giorno. A quel punto, districandosi delicatamente dall'abbraccio, si alzò. Le rimboccò la coperta e uscì. Ritornò nel soggiorno e si lasciò sprofondare in poltrona; rimase così, catatonico, per un tempo indefinibile.

La casa, immersa nella pace del mattino, fu squarciata dallo squillo del telefono con lo stesso strazio di una sirena da coprifuoco. Anna si svegliò di soprassalto, restando sdraiata sul letto, incapace di reagire. In camicia da notte, corse in corridoio. Accanto al telefono c'era già Ernani, in attesa. Si scambiarono uno sguardo, complici. Poi il professore alzò la cornetta. Dall'altra parte c'era silenzio.

"Sei tu?" chiese Ernani.

Un'altra pausa. Lunga, interminabile. Poi il misterioso interlocutore riattaccò. Anna scrutò ansiosa il volto del professore, cercando di carpire cosa gli stesse passando per la mente. Lui, imperturbabile, l'attrasse a sé e la baciò pudicamente sulle labbra.

Al mattino, Danielle pregò il segretario di accompagnare Helen alla stazione.

Oliveri e la bambina, arrivati in anticipo, si aggirarono tra gli scaffali del piccolo supermercato attiguo al piccolo scalo. Lui le propose di acquistare un pâté dall'aria appetitosa. Lei replicò che al centro estivo c'era la mensa con i cibi biologici e che comunque il pâté la disgustava. Alla fine accettò in regalo un paio di occhiali da sole colorati, che indossò subito con entusiasmo.

Quando il treno si fermò al binario, Helen diede un bacio veloce sulla guancia a Enrico.

“Mi mancherai molto...” gli disse

“Anche tu,” rispose lui. E siccome la porta del vagone si era chiusa di colpo, glielo ripeté urlando e sbracciandosi in un saluto straziato.

“Anche tu!”

Uscito sul piazzale Oliveri si avviò a piedi sul corso principale, ma dopo qualche passo si trovò davanti un imponente schieramento di forze di polizia. L'edificio moderno che gli stava di fronte, un centro commerciale, era totalmente transennato e piantonato. Ai lati del portone erano issate le bandiere di diversi paesi europei, tra le quali era riconoscibile il tricolore italiano.

“Una politica comune contro la crisi economica” recitava il cartellone che campeggiava sulla facciata. Il segretario si fece largo in mezzo alla piccola folla dei curiosi. Dalle auto blu scesero uomini politici ed esperti che partecipavano al convegno internazionale. C'erano troupe televisive e fotografi che riprendevano l'arrivo dei relatori. Oliveri li osservava con aria distaccata e tranquilla, quasi fosse un comune passante, uno dei tanti. D'improvviso, però, un belato, come quello che aveva sentito il giorno della contestazione all'assemblea del partito, lo mise in allarme. Si voltò, guardingo. Il verso, seguito da analoghi belati, arrivava da un gruppetto di contadini e pastori che, armati di campanacci e accompagnati da un gregge di pecore, erano venuti a contestare il convegno. Dal piccolo gruppo dei curiosi scattarono applausi e grida di incoraggiamento. Oliveri, sollevato e divertito, si unì a loro. Ma dopo un attimo vide scendere da un'auto e avviarsi verso l'ingresso, in una elegante giacca di tweed, un sorridente Maletti. Lo vide fermarsi, salutare i presenti, ricambiato da un solenne coro di fischi, variamente modulati con i belati e il rintocco dei campanacci. Eccitato, Oliveri prese anche lui a fischiare, usando una tecnica appresa in colonia dal suo migliore amico. Maletti, ignaro, incassò quei fischi con un sorriso ebete, poi sparì nella hall. Il segretario rimase per un po' nascosto tra la folla, poi si dileguò.

Poco dopo, Enrico raggiunse il set del film e trovò la troupe in pausa. Osservando i volti dei giovani stagiaires di produzione, percepì un certo nervosismo. La giovane assistente, con una premura che gli sembrò sospetta, lo abbracciò e gli comunicò che Danielle lo aveva aspettato per tutta la mattina. Lui la raggiunse nel retro del giardino, dove lo scenografo aveva ambientato un tavolo da pranzo per dieci commensali, secondo le esigenze di una scena che nel copione era stata etichettata come *La vendetta va servita fredda*. Danielle se ne stava in disparte, con una espressione enigmatica sul volto. Si diedero un bacio, poi lei, senza tante cerimonie, gli fece una strana proposta.

"È successa una cosa che potrebbe crearci dei problemi nella lavorazione. Michel, l'aiutoattrezzista, si è fatto male, ne avrà per tre settimane, mi chiedevo se tu… sì, insomma, se te la sentissi di prendere il suo posto. In fondo il cinema è sempre stata la tua passione. Credo che ti farebbe bene essere impegnato in qualcosa che ti piace."

Lui non si mosse: si limitò a guardarla, sorridendo stupefatto, senza dire una parola. Poi annuì.

17

La notizia del ricovero di Furlan si era diffusa nel Transatlantico già dalla mattinata. Si era propagata con rapidità eccezionale ascendendo dal grado infimo della Camera verso i più alti scranni del Senato, segno di un'accorata e mesmerica partecipazione, cui non era estraneo l'alto profilo dell'infermo, da tutti percepito come un gigante, uno di quelli cui non si poteva "alla pari" rivolgere non solo la parola ma neppure uno sguardo. Le malattie dei grandi provocano sempre una certa impressione nell'ordinario tran tran di un regime di corruzione. Suonano come il segnale d'arrivo di una indecifrata concatenazione di eventi nefasti, o come la scossa finale destinata, dopo una molteplicità di piccoli crimini impuniti, a richiamare in ballo un'oscura colpevolezza indistinta, aggravata, e, per così dire, resa ancor più evidente, dal rigore morale di chi sta per venire a mancare.

A Bottini toccò in sorte di esserne informato da Sponsi, uno dei peggiori. Lo aveva incontrato dal barbiere della Camera, e, pur avendo mantenuto per tutta la durata della seduta il consueto silenzio che dall'infanzia associava al taglio dei capelli, come se ne fosse una sua connaturata condizione, al momento del congedo aveva dovuto cedere all'obbligo nefasto della socialità.

"Hai saputo del vecchio?"

"No, chi sarebbe il vecchio?"

"Come, non lo sai? Furlan. La donna delle pulizie stamattina lo ha trovato per terra, in bagno, nudo. A quanto dicono, non ce la farà. Zac. Fulminato."

Bottini, il tipo classico dell'ipocondriaco dissimulatore, non ebbe una reazione immediata. Si sedette sulla piccola panca dove si ammucchiavano i settimanali e si mise a sfogliare una rivista femminile. Sponsi rimase per un po' a guardarlo, indeciso sul da farsi.

"Ciao, ti saluto," quando finalmente sentì l'agognato congedo dell'altro, Bottini, per un riflesso che a lungo avrebbe poi cercato di indagare, d'istinto, compose il numero del telefono del segretario, quasi sperasse che l'ineludibilità della notizia appena ricevuta – Furlan in fin di vita – potesse tutt'a un tratto, e, per così dire, magicamente, mettere fine alla sua fuga.

Con sua grande sorpresa il telefono iniziò a squillare, e dopo cinque squilli entrò in ascolto una musica celestiale, tale parve a Bottini, che si preannunziò attraverso il liquefarsi rarefatto di un pianoforte solo, seguito da una voce struggente, che Andrea subito riconobbe, nella delicata malinconia del suo procedere, come delegata a un messaggio cifrato, destinato a confidargli qualcosa di intimo, riservato solo a lui.

Intanto Furlan era stato precariamente ospitato in una corsia del reparto di terapia intensiva, in attesa che fosse autorizzato il suo trasferimento in una stanza singola. A Bottini, subito corso dall'amico, furono forniti dei calzari di plastica trasparente e una mascherina, poi una caposala, con passo svelto, si premurò di fargli strada nei meandri inospitali delle corsie.

Disteso sul letto, il corpo rattrappito e inerte, sul volto un livido giallastro e le tracce di sangue della ferita che doveva essersi procurato cascando a terra, lo sguardo di Furlan gli apparve fissato in una espressione che inequivocabilmente ne amplificava l'intelligenza, rivelando come essa, nel suo ineffabile legame col corpo, pur minacciata dalla decadenza e dalla morte, fosse comunque in grado di resistere, continuando a offrire eroica testimonianza di quella miracolosa trascendenza laica da sempre affidata alla semplice proiezione del volto, alla sua luce. Non c'erano sedie, e d'altronde a Bottini era stato dato il permesso di trattenersi lì solo per qualche minuto. La condizione di privatezza di Furlan e degli altri ammalati intorno a lui, a dimostrazione del fatto che non c'è nulla di privato nei momenti salienti della vita di un individuo, era garantita da alcuni minuscoli paraventi posti a separare in modo virtuale lo spazio di sofferenza dell'uno da quello dell'altro. La donna anziana ospitata nel letto accanto a Furlan, in quel momento sottoposta al lavaggio mattutino da ben tre infermiere, solerti nel disporre del suo corpo e nel lavarlo a sezioni, lo stava fissando mostrandogli un ghigno che sembrava piuttosto alludere a una fratellanza ferina, riflesso di un humus biologico e antropologico che, facendo a meno del bene e del male, del come e del quando, della pietà e dell'orgoglio, tirava in ballo semmai una certa notoria discendenza dalla scimmia, qualitativamente ben diversa da quella fragile e preziosa evocata dal concetto di *persona*. Tutti quei pensieri affollarono con un certo tumulto la mente di Bottini nel corso del quarto d'ora da lui dedicato a sorvegliare il volto irriducibile di Furlan, umiliato da un ictus.

18

Era accaduto, come molte altre volte nei tornanti più agitati della vita politica, che al Presidente della Repubblica venisse l'estro, *d'emblée*, di avviare un giro di consultazioni. Una *ronde* istituzionale, volta a raccogliere intenzioni e a disinnescare l'ostilità purulenta e viziosa dello stallo in atto, o anche, più semplicemente – come chiosò uno dei più sagaci commentatori – uno scambio informale per sondare gli umori dei partiti, per auscultare il cuore di un malato che non voleva ammettere di esserlo: il governo.

Retrospettivamente, nelle tante leggende che fiorirono in seguito, si ipotizzò si fosse trattato di un mero pretesto escogitato dal Presidente per incontrare il redivivo segretario del partito d'opposizione.

Il destino volle che Ernani, come gli altri rappresentanti dell'arco costituzionale convocato al palazzo presidenziale, vi giungesse, complice il bizzoso disegno del suo orologio sempre affrettato, in anticipo. E che il cerimoniale fosse costretto, per disinnescare l'imprevisto inciampo, a inventare un rimedio che consentisse di accoglierlo senza alterare l'ordine degli appuntamenti.

Bottini, incaricato dal partito di contattare una lista di personalità da fare incontrare al segretario prima della campagna elettorale, nello stesso istante in cui Ernani varcava il portone del Quirinale, si trovava invece a colloquio con Aranzi, lo scrittore. Costui, imprevedibilmente, nonostante il suo proverbiale disprezzo per ogni forma di testimonianza civile, si era reso disponibile all'iniziativa, a condizione di poter scambiare due chiacchiere con Bottini prima dell'incontro col segretario, e aveva fissato l'ora e il giorno a esse deputate. Così che Bottini si era trovato a dover fare una scelta tra l'essere con Ernani al Quirinale o a casa di Aranzi.

Era stata la Pilenghi a spingerlo verso l'opzione Aranzi, considerato il fatto che Ernani sembrava amministrarsi benissimo da solo. Nonostante Bottini avesse assecondato quel suggerimento, non essendo egli mai, per i suoi notori ingorghi nevrotici, veramente in grado di affidarsi ad alcunché, negoziò col capo del cerimoniale uno slittamento di mezz'ora per l'audizione del segretario, sufficiente a far sì che potesse presenziare a entrambi gli appuntamenti. Ma non aveva messo in conto il vezzo di Ernani di lasciare il suo orologio sempre un po' in anticipo sulla realtà.

Ernani, dopo essersi intrattenuto per una ventina di minuti, anche amabilmente, col vicecapo del cerimoniale (il capo essendo impegnato nei colloqui presidenziali in atto), gli aveva sottovoce fatto richiesta di un bagno. Un anziano commesso, destinato di lì a poco alla pensione, lo aveva accompagnato al bagno più vicino, ma con sua sorpresa aveva scoperto che lo stesso si trovava momentaneamente fuori servizio. Dopo una meditata riflessione, il commesso aveva dunque deviato verso quello più vicino alla stanza del Presidente, destinato ai suoi ospiti, e per questo chiamato dai commessi più arguti il "Vespasiano delle Vanità".

Il commesso lo aveva così lasciato davanti alla porta del bagno, salutandolo con un inchino deferente, e si era ritirato. Ernani aveva fatto i due passi che lo separavano dalla maniglia e, nell'impugnarla, si era improvvisamente trovato davanti, quasi scontrandovisi, il corpo non slanciato del Presidente del Consiglio. Questi, benché sulle prime evidentemente sorpreso, aveva fatto buon gioco al caso e, subito ricomposto il suo aplomb, lo aveva salutato con insolito calore.

"Complimenti, Oliveri! Ti vedo in grande forma! Mi fa piacere che la prostata abbia favorito quest'incontro..." così dicendo il Presidente del Consiglio lo aveva preso sottobraccio, con una di quelle sue consuete mosse irrituali, escogitate per far sentire la propria superiorità sull'altro, e per dare all'interlocutore la sensazione di un privilegio momentaneo, concesso estemporaneamente, per simpatia o per arbitrio. Si inoltrarono così, insieme, a passo lento, attraverso un lungo corridoio, piuttosto buio.

"Un uccellino mi ha detto che una personalità politica italiana non ben identificata è stata vista passeggiare nei corridoi di un noto centro diagnostico dalle parti di Sidney..." il Presidente del Consiglio accennò uno dei suoi micidiali sorrisi, mentre continuava a fissare, interrogandolo, il volto imperturbabile di Ernani.

L'anziano commesso, preoccupato per il ritardo di Ernani, si era intanto affacciato a controllare cosa stesse accadendo, e, appena accortosi del singolare colloquio in atto tra i due eminenti uomini politici, non previsto e tantomeno desiderato dal cerimoniale, era corso a informarne il suo capo, Beretta.

"Anch'io avrei bisogno di un check-up, ma non ho più il tempo per respirare, sai, questo paese mi sta togliendo tutto, la salute e il piacere… E non mi è neppure grato. L'ingratitudine è un sentimento orribile. E questo paese è diventato orribile, sai, tutti aspirano a ricchezze smodate, tutti vorrebbero i miei soldi. L'invidia li sta consumando. Sai come dicono in Sicilia? Fottere con la minchia degli altri. Sidney, chi è il primo che me ne ha parlato? Ah, sì, la Thatcher, è lei che l'ha scoperto. Era incantata dalla baia, la sua stanza affacciava proprio sul mare, e poi gli australiani sanno mantenere il segreto, il segreto è fondamentale, qui tu non puoi fare un peto che subito lo vanno a raccontare in giro… Allora, cosa stai cercando di fare, mio caro? Vuoi rianimare un partito morto?"

Il Presidente del Consiglio si era improvvisamente fermato, e fissava Ernani con un ghigno livido, tentando di dissimulare il malumore. Il professore, invece, lo scrutava tranquillo, lasciando che l'eco della domanda rivoltagli si perdesse nel silenzio tenebroso di quel corridoio.

"Un cadavere ci sarà, alla fine, ma non quello che pensa lei, mio caro. Ha mai avuto modo di leggere le *Denkwürdigkeiten*?" la voce di Ernani si propagò con una certa pacata solennità.

Il premier lo guardò, incredulo.

"Che cazzo sarebbero?" lo disse di scatto, battendo il tacchetto della scarpa sull'impiantito.

"Come? Lei non ha ancora avuto il piacere di leggere le memorie del Presidente della Corte d'appello di Dresda, Daniel Paul Schreber?"

Il Presidente del Consiglio, come un bambino isolato dal professore nel suo banco di scuola, nella impossibilità di chiedere aiuto a uno dei suoi cortigiani, abbassò la testa, atteggiandola a un'espressione meditabonda. Il professore, sereno, continuò:

“La invidio. È un racconto veramente appassionante. La materia è il delirio, anzi la paranoia e il potere. Un legame cruciale. Pensi che, in un certo passaggio del suo diario, Schreber si descrive come l’unico uomo che conti veramente nel mondo. L’unico uomo attorno a cui tutto gira, l’unico con un reale potere. E sa un’altra cosa? La sua presunta grandezza era per lui inestricabilmente associata alla persecuzione. L’intera umanità doveva essere punita e sterminata quando qualcuno si permetteva di essere contro di lui. Vedeva congiure e cospirazioni ovunque, il povero Presidente Schreber!”

Il Presidente del Consiglio, che, durante tutto quel tempo aveva guardato con stupore Ernani, si rabbuiò, e a passo svelto si mosse verso il gruppo che ora si era radunato in cima al corridoio, al centro del quale spiccava la figura dinoccolata di Beretta, il capo del cerimoniale, con la sua chioma candida. Erano lì, lui e i suoi commessi: in attesa, indecisi sul da farsi, se intervenire rompendo il carattere spontaneo e forse non del tutto negativo dell’insolito dialogo, o lasciare che questo si compisse così, al di fuori delle procedure e delle briglie imposte dal rito politico. L’imprevedibilità di quell’incontro li aveva paralizzati e mentre ora vedevano venire verso di loro la figura massiccia del Presidente del Consiglio, misuravano, nel piccolo tratto che lo separava dal segretario del partito d’opposizione, il mistero indecifrabile di quello che i due si erano sin lì potuti dire.

Fu a quel punto che la voce del premier scandì, stizzita e rabbiosa, quella frase che ad alcuni, se non a tutti, risultò come effetto di una singolare ingenuità sentimentale: “Che fai, Oliveri, ti sei messo a leggere manuali di psichiatria? E poi cos’è questo vezzo di darmi del lei, una nuova strategia di marketing? A me sta benissimo, sai? Dopotutto non mi dispiace affatto di continuare a darti del tu mentre tu, con deferente rispetto, mi dai del lei!" La risata, la solita risata del celebre uomo politico, si autoalimentò per un tempo eccessivamente lungo, creando nel piccolo pubblico un effetto patetico, vagamente atonale.

Ernani non si mosse, avvolto nell'oscurità ormai fitta del corridoio, timbrò la sua voce in modo che arrivasse più chiara e forte.

"Io credo che il Presidente del Consiglio mi stia scambiando per uno dei suoi innumerevoli camerieri. Ne ha talmente tanti, che una certa confusione è del tutto legittima."

Ernani, dopo avere pronunziato la frase, nel silenzio assoluto e immobile che dopo di essa si creò, percorse a passo sicuro tutto il corridoio, al centro del quale, fermo come un monolite, si trovava il corpo bloccato del Presidente del Consiglio. Lo sorpassò e, giunto al cospetto di Beretta, svettante al centro di quel coro spaventato e inerme, il professore gli si rivolse così: "Credo si sia fatta l'ora giusta perché lei mi accompagni dal Presidente, non vorrei che pensasse a un mio irrispettoso ritardo..."

Beretta, scosso e tremante, fece un passo avanti, mugolando qualcosa come *l'onorevole ha perfettamente ragione*. Ma subito il Presidente del Consiglio lo interruppe, e si avvicinò anch'egli al gruppo, con un'aria di sfida, inveendo: "Dov'è il mio cappotto? Non ho più un minuto da perdere in questo pensionato di rincoglioniti!"

Fu in quel preciso istante che Ernani si rivolse ancora all'incollerito uomo di stato, recitando un verso in greco antico: "ὕες βορβόρωι χαίρουσι μᾶλλον ἤ καθαρῶι ὕδατι."

Si fermò un istante a cogliere la reazione, poi aggiunse: “Ma lei non conosce il piacere delle lingue e dunque in questo momento rischia di trovarsi nella condizione del sordo. Dovrà accontentarsi di una mia modesta traduzione: ‘I porci prendono piacere dal fango, piuttosto che dall’acqua pura.’ Eraclito.”

A quelle parole, Beretta, risvegliandosi fieramente dal torpore bradipale in cui era precipitato, riassumendo il pieno decoro della sua funzione, fece cenno al segretario di seguirlo, e insieme si avviarono risoluti verso le stanze presidenziali.

19

Non capitava quasi mai che Danielle invitasse i colleghi a casa. In genere, preferiva trascorrere le serate con Enrico, allentando con due chiacchiere la tensione accumulata di giorno sul set. Una domenica, però, comunicò al segretario che sarebbero venuti a cenare due amici, di passaggio. La notizia lo mise in agitazione, per via di una, pur remota, probabilità di essere riconosciuto. Danielle gli suggerì di andare a mangiare in un ristorante, e ritrovarsi dopo, appena i due se ne fossero andati. Ma il segretario preferì rischiare, una serata da solo lo avrebbe inutilmente immalinconito.

Aveva così aiutato Danielle a cucinare, con un certo divertimento. Lei era una specialista del curry e aveva preparato del riso, stufando varietà diverse di verdure per accompagnarlo. Quando i due amici avevano suonato alla porta, erano entrambi piuttosto bevuti. Lui si chiamava Laurent ed era un avvocato; lei, Valerie, una bellissima ucraina, si occupava d'arte e organizzava installazioni. Lui accompagnava lei in Camargue per incontrare un celebre artista, Chavitz, che aveva impiantato dimora col proprio atelier ad Arles. Lui era piuttosto incolore, lei luminosa, attraente. Quando si sedettero a tavola, con Enrico erano passati al tu, il vino aveva già creato tra loro quel clima di confidenza sufficiente a renderlo plausibile. Ma la conversazione, sin lì leggera e ininfluente, a tavola improvvisamente prese una piega di eccessiva sincerità. Valerie iniziò a descrivere il lavoro dell'artista cui aveva appena fatto visita, in un evidente stato di esaltazione, si sarebbe detto di innamoramento. In breve, la donna li mise a parte del singolare patto che aveva stretto con Laurent, con cui aveva concordato di essere lasciata sola nel corso del suo incontro con Chavitz. La ragione di quello speciale accordo era nel movente segreto della visita: Valerie aveva da tempo premeditato di sedurre l'artista.

"E tu, Laurent?" chiese Danielle, allarmata dai segreti emersi da quella confessione.

"Laurent è stato al gioco, è rimasto in albergo tutto il giorno, poverino… mi ha lasciato fare."

Aveva un sorriso feroce e attraente, Valerie. Il segretario ne fu colpito; anzi, osservandola sentì un oscuro richiamo, come se si risvegliasse una parte di sé a cui aveva da tempo messo la sordina.

"Valerie non è quel tipo di donna che si lascia condizionare dai legami, e neppure il tipo che cambia idea facilmente," Laurent lo disse con un tono perentorio in cui si bilanciavano equamente un'irritazione impotente e un ottuso compiacimento.

"Chavitz mi aveva chiesto di raggiungerlo a mezzogiorno, così da guardare con calma le opere e poi pranzare insieme. Si è fatto trovare da solo. Per prima cosa mi ha mostrato l'edificio che ha appena ristrutturato, un palazzo di tre piani, sulla piazza di Arles. Poi, a piedi, mi ha portato nel suo atelier, un enorme fabbricato per la raccolta del sale, ormai in disuso. Lì ho visto le sue nuove opere, sette bilance di ferro con sopra dei piccoli mucchi di cenere e su ogni mucchio la foto di un bambino scomparso. Bambini di cui si è perduta da tempo ogni traccia. Mi sono venuti i brividi. Da mozzare il fiato."

Il segretario, sempre più incuriosito dal racconto, versò ancora del vino, a giro.

"Quanti anni ha Chavitz?"

La domanda di Danielle era percorsa da una sottile linea di ansia.

"Ventidue. Il successo è sempre spaventosamente ingiusto con l'età, a volte è in ritardo, altre volte eccessivamente precoce. Ma lui è un essere speciale, non poteva che andargli così."

A quel punto, Laurent si alzò e chiese dell'acqua. Danielle lo accompagnò in cucina, lasciando il segretario e Valerie da soli, silenziosi. Lei, di tanto in tanto, guardandolo, accennava uno dei suoi sorrisi magnetici, ma lui, turbato, nascondeva lo sguardo. Quando, poco dopo, il quartetto si ricompose, Valerie poté riprendere il suo racconto.

"Il pranzo, frugalissimo, è trascorso parlando di me. Chavitz non faceva che chiedermi della mia vita, del perché avevo cambiato mestiere, del perché mi ero messa nel mondo dell'arte, della mia voce rauca: era galante, ma in modo molto discreto. A un certo punto, si è scusato e si è allontanato. Sono passati dieci minuti, e non tornava, ero piuttosto inquieta. Mi sono alzata per vedere se fosse nel salone, ma non c'era nessuno, però si sentiva una musica che proveniva dal piano di sopra. Ho cominciato a salire la scala e la musica cresceva, credo che fosse una musica tradizionale irlandese, piuttosto noiosa. Ho seguito il richiamo della melodia e sono arrivata davanti a una porta, l'ho aperta, c'era una grande piscina. Lui era lì, nudo, in acqua. Mi sono spogliata e l'ho raggiunto," la voce di Valerie che sinuosamente li aveva portati sin lì, a quel punto, tacque.

Li guardava, compiaciuta del suo misterioso modo di offrirsi e di negarsi. Laurent, intanto, teneva gli occhi fissi sul piatto, mentre la sua mano nervosa tamburellava sul tavolo. Toccò a Danielle di tentare un'uscita da quella momentanea impasse.

"Il seguito lo possiamo immaginare, cara Valerie, ma quello che mi chiedo è perché ci tenevi tanto a raccontarci questa storia." Non lo disse per rimproverarla, aveva un tono calmo, studiatamente didattico, come se le volesse dire *voglio aiutarti a capire perché lo fai, perché vuoi esibirti*. Ma Valerie, sorniona, continuava a tacere.

"Sei sicura di essere stata tu a sedurre il celebre artista? Non è forse il contrario?" Il segretario si era alzato, e aveva aperto la finestra per fare uscire il fumo. Ora la guardava affidandole il suo volto più enigmatico, quello che lo aveva reso celebre nel partito, lo sguardo di un uomo che sa come mettere gli altri in mora.

"Io non ti ho ancora detto come è andata a finire, stai affrettando delle conclusioni," Valerie ora sembrava nervosa, o semplicemente risentita.

"Sei stata tu a inventarti questo passatempo idiota, perché adesso ti lamenti?" anche Laurent si era alzato, scurissimo in volto, frugandosi nelle tasche del trench per poi accendersi una sigaretta. "Valerie ha un taccuino nel quale tiene il conto della sua collezione: quelli con cui ha già consumato e quelli con cui ha intenzione di farlo."

Si era rimesso a sedere, in poltrona, e la guardava con aria di sfida, gli occhi lucidi, febbrili.

"E tu, che mestiere fai?" chiese Valerie a bruciapelo al segretario, ignorando il fidanzato.

“Mi occupo di pubbliche relazioni per alcuni enti privati, metto in contatto i miei clienti con degli obiettivi sociali, per avviare azioni di pubblica utilità. Ma ora ho deciso di fare un’esperienza nel cinema, il mio vecchio amore. Danielle mi ha dato l’opportunità di collaborare e tra due giorni inizierò a lavorare sul set.”

Enrico rispose concitatamente, accavallando le parole senza respirare. Danielle sorridendo gli lanciò un’occhiata complice.

“E tu? Mi sembra di capire che non hai sempre fatto questo lavoro...”

“No, prima facevo l’attrice, recitavo a teatro. Tre anni fa ho deciso di ritirarmi.”

“E non ti manca?”

“No, non me ne sono affatto pentita, posso dire di aver passato in teatro dei giorni felici ma non mi dava più niente, non so perché, mi annoiava.”

“Come è possibile annoiarsi facendo un mestiere così vicino alla passione pura?”

“È possibile, altro che. Forse non ho raggiunto dei risultati tali da esserne gratificata in modo duraturo, o forse, semplicemente, è un mestiere impietoso, dove non ci si può accontentare delle mezze misure.”

“Non credo esista un campo dove ci si possa accontentare delle mezze misure...” Danielle si intromise nel dialogo, con una certa petulanza.

“Nella vita sì, io sono un maestro delle mezze misure, non ho nessun problema a dire che sono un mediocre, anche abbastanza soddisfatto,” Laurent rise, cercando nello sguardo degli astanti, come un personaggio dostoevskijano, riprovazione e consenso.

Danielle non si fece pregare.

"Non c'è bisogno di sentirsi mediocri per amare le mezze misure, o le tinte tenui... non mi ricordo chi l'ha detto, ma anche la noia può essere un viatico per la felicità."

"Sì, ma recitare è un mestiere dove qualche volta ti capita di lavorare con qualcuno che è immensamente più dotato di te, che ti fa capire che tu non potrai mai andare dove lui è arrivato, che è impossibile gareggiare... la tua battaglia è persa in partenza."

"Può darsi, ma esistono sfide che possono durare una vita, il cui senso si chiarisce solo dopo molto tempo. A volte quando la partita è già finita."

Il segretario si fermò, sorpreso di avere parlato.

Ci fu un attimo di silenzio, una lunga sospensione durante la quale a Danielle sembrò di nuotare sott'acqua, in un'interminabile apnea. A interromperla fu Laurent.

"Bravo! Parli proprio come un politico! Anzi, il tuo sembra proprio l'alibi di un certo esemplare politico di sinistra, perennemente perplesso, che con lo sguardo da intellettuale dice alle masse *state tranquilli, c'è tempo, prima o poi qualcosa accadrà, e poi, in fondo, che vi importa se accade veramente?* Ma un attore come anche un politico vive solo dei suoi successi, mio caro. Ha un unico scopo, esibirsi davanti a un pubblico anonimo. E deve ricercare il suo consenso, costi quel che costi. Senza questo consenso, un politico, così come un attore, non esiste. Anzi, è solo un fallito."

Il segretario, inebetito, si voltò a guardarlo. Per un attimo rimase così, smarrito, a fissarlo. Poi si alzò in piedi e tentò due passi, barcollante. Si trascinò ancora un po', incerto, nel tentativo maldestro di raggiungere la finestra, finché, d'improvviso, cadde ai piedi di Danielle. Disperatamente, con rabbia, si aggrappò alla tovaglia e la trascinò con sé per terra insieme ai resti del pranzo. Era svenuto.

20

Bottini, dopo avere riascoltato per giorni il suono del pianoforte e la struggente voce baritonale dalla segreteria telefonica del cellulare di Oliveri, si decise a consultare un vecchio amico dei tempi dell'università, valente musicologo. "Ho bisogno del tuo aiuto," gli disse, dopo avere vanamente cercato di evocare i trascorsi comuni, *i bei tempi delle lotte in piazza.*

"Come sai, io non capisco niente di musica, sono un analfabeta, vorrei che tu facessi un numero di telefono e mi rivelassi che pezzo è quello che un mio amico ha messo nella sua segreteria. Puoi farmi questo favore?"

Dall'Ongaro, era questo il nome dell'amico, non si stupì più di tanto della singolare richiesta. Era un uomo di poche parole, del tutto scettico sulle capacità e sulle virtù espresse dagli uomini politici del suo paese. Considerava Bottini una nullità e ogni qualvolta incappava nel suo volto su un giornale o in televisione sentiva riaffiorare un solo, inequivoco, sentimento: il disprezzo.

Goffredo Dall'Ongaro era nella sua stanza, in facoltà. L'ultimo laureando era appena andato via, lasciandogli una bozza della tesi *Sulla drammaturgia dell'assenza nell'opera contemporanea, da Schönberg a Nono.* Compose il numero e dopo quattro squilli sentì l'attacco sublime di uno dei capolavori musicali di ogni tempo. Si abbandonò all'ascolto per il tracciato brevissimo della registrazione, che constatò esser stata troncata, in modo brusco, da persona evidentemente incompetente, nel bel mezzo di una sublime chiusura in re minore. Segnò un appunto a matita, poi riprese la cornetta e digitò il numero di Bottini.

"Il tuo amico è come te, un analfabeta. Anche se, devo ammetterlo, una certa sensibilità la deve pure avere, se ha scelto la *Winterreise* di Schubert come colonna sonora per la segreteria telefonica. Ma l'ha interrotta senza criterio, massacrando un accordo su cui noi studiosi abbiamo speso fiumi d'inchiostro. Che lavoro fa?"

Bottini restò zitto per un tempo indefinibile, poi gli uscì come un verso dalla bocca: "Il ricercatore."

"Ah, strano. Non sembrerebbe."

"Come hai detto che si chiama?"

"Cosa?"

"Il pezzo di Schubert..."

"*Die Winterreise.*"

Bottini rimase in attesa.

"Viaggio d'inverno."

"Bello! Mi piace. Che roba è?"

"Un ciclo di Lieder, un capolavoro."

"Capisco. Ma che racconta?"

"Veramente la musica non racconta mai niente. Se proprio la vuoi banalizzare, racconta di un uomo in fuga, in un paesaggio invernale, a piedi verso la morte."

"Addirittura, a piedi?" a Bottini si seccò la gola. A fatica, riuscì a deglutire.

"Ancora non riesco a capire cosa vuoi da me, che te ne frega della *Winterreise*..."

Andrea si prese il tempo di un respiro: "È una scommessa... Devo decifrare un messaggio nascosto."

"Che stronzata, mi stai facendo perdere tutta la mattina per uno dei vostri giochetti del cazzo."

"Hai ragione, scusami, ma dimmi ancora una cosa, almeno. La voce che canta in tedesco, cosa dice?"

"Vuoi la traduzione?"

"Sì, se puoi... Sii gentile, Goffredo."

Dall'Ongaro sillabò qualcosa in tedesco, sottovoce, canticchiando: "*Fremd bin ich eingezogen, Fremd zieh'ich wieder aus.*" Poi, velocemente, trascrisse sul foglio. "Come un estraneo sono comparso / come un estraneo me ne vado."

Bottini, lasciato sedimentare il suono del verso, ne prese nota in un taccuino. Era eccitato e confuso.

"Ma non è finita, anzi, è qui che comincia lo scempio. A questo punto, infatti, il tuo amico ha pensato bene di stravolgere Schubert facendo un taglio immondo sulla partitura, passando da un due quarti con una triade di re minore a un dodici ottavi con una tetrade di la maggiore che risolve sulla tonica. Se mi dai un attimo ti dico come continua."

Bottini restò in trepida attesa, i suoi occhi stanchi avevano un che di esaltato.

Passò un minuto scarso in preda a tachicardie immaginarie, poi udì la voce di Dall'Ongaro recitare: "Scacciatemi pure, o cani che vegliate, / non fate ch'io riposi nella pace notturna! / Io, ho finito, io, di sognare: / che ci sto a fare fra coloro che dormono?"

Nel silenzio che seguì, la mente di Bottini si accanì sul verso in cui erano chiamati in causa i cani, responsabili della cacciata e quindi della fuga del narratore. Icasticamente, vide stagliarsi all'orizzonte una torma rabbiosa, la vide ringhiare con la bava alla bocca verso un uomo paralizzato, che via via diveniva sempre più a fuoco e riconoscibile, con le sembianze di Enrico. Fu un attimo, poi l'immagine si dissolse, e la voce di Dall'Ongarò lo richiamò.

"Come un estraneo sono comparso / come un estraneo me ne vado. / Scacciatemi pure, o cani che vegliate / non fate ch'io riposi nella pace notturna! /Io ho finito di sognare: / Che ci sto a fare fra coloro che dormono?"

"Che te ne pare?" chiese Bottini. "Cioè, che senso daresti a queste parole?"

"Il testo poetico è abbastanza chiaro, è il messaggio di disperazione di uno che, letteralmente, non ha più speranza, un uomo anche un bel po' incazzato col mondo che ha lasciato. Un deluso, direi un depresso. Una figura della malinconia. Scegliendo la forma del Lied, il musicista vuole dirci che la vita è sempre altrove, il Lied è il canto del perenne esilio dell'anima. Sul tuo amico non so che cazzo dire, quel che è certo è che ha messo insieme due momenti che in Schubert sono lontani. Uno è l'inizio dell'opera, l'altro è il Lied numero 17 del ciclo, che in tutto, sino alla fine, ne comprende 24. Il fatto che tenga a considerarsi sin dall'inizio un estraneo, denota una considerazione di sé inattaccabile, come se si ritenesse moralmente al di sopra del mondo in cui è vissuto. L'altro frammento di verso invece trasuda rabbia, direi anche un certo desiderio di vendetta, e ancora una volta si manifesta una certa iperbole narcisistica. Ma che gioco è? E poi, perché sulla segreteria telefonica?"

Bottini rimase zitto, poi chiese:

"Schubert, se non ricordo male, è morto giovane..."

"Ricordi benissimo: aveva trentun anni."

"Che cosa succede nell'ultimo Lied?"

"Un incontro, all'ingresso di un paese. Un tizio scalzo, con l'organetto, sta suonando nella piazza. Nessuno degli abitanti sembra ascoltarlo. Tutti lo guardano indifferenti, anzi, non lo guarda nessuno, a girargli intorno sono solo i cani. Ma lui, il nostro, ne sembra attratto, è sedotto dalla melodia del suo organetto e inizia a seguirlo..."

21

“Nel camion ci sono dei leggii, portameli qui, e stai attento a non fare cazzate, sono del conservatorio di Arles, glieli devo restituire sani e salvi.” L’ordine era partito da una voce ingolata, che sembrava prendere forma rimanendo precariamente in bilico, come se da un momento all’altro dovesse strozzarsi. Bertrand, l’attrezzista del film, era un omone schivo, affetto da una miopatia delle corde vocali, patologia che creava nella percezione di chi lo ascoltava una sorta di discrepanza metafisica tra l’imponenza della mole e l’esiguità dell’emissione vocale.

Il segretario lasciò decantare l’ordine ricevuto continuando a guardarsi intorno, come se indugiando al cospetto di quella sala vuota potesse misurare meglio l’avvenuta metamorfosi da capo a gregario. Non sentiva una nostalgia particolare del mondo che aveva lasciato, ma ora che si era deciso al passo propostogli da Danielle avvertiva un vago senso di ignoto, la vertigine di una possibile inadeguatezza, o lo spettro di un fallimento; e la prospettiva, più che spaventarlo, lo eccitava.

“Se sei uno che pensa, è meglio che lasci perdere. Io non li sopporto, i cacadubbi. Muovi il culo, ci stanno aspettando!” mentre riceveva il perentorio invito di Bertrand, il segretario ebbe la certezza che se il baco da seta avesse posseduto il dono della voce avrebbe parlato come lui. Rapidamente lasciò la stanza e appena sulla strada corse verso il camion degli attrezzi, lo aprì e si trovò davanti i leggii. Li sollevò a uno a uno e si accorse che erano di ferro massiccio, incredibilmente pesanti. Per trasportarli dovette fare tre viaggi, benedetto dallo sguardo sfottente di Bertrand. Dopo i leggii fu la volta delle pedane e delle sedie. La sala fu allestita seguendo le indicazioni del copione nella cui didascalia era descritta come *una sala per le prove, arredata in modo spartano, ma elegante*. Bertrand affidò a Enrico anche le foto di grandi musicisti che si era fatto prestare da un editore svizzero: Stravinskij sul podio alla Staatsoper di Vienna, Emil Gilels al piano, al Palau della Musica di Barcellona, e il quartetto Alban Berg, ad Amsterdam, sul palco del Concertgebouw. Il segretario collocò le foto nelle cornici, poi le piazzò sulle pareti. Per ultimi, dispose gli specchi. Bertrand studiò scrupolosamente gli angoli di riflessione al fine di evitare che la macchina da presa vi si trovasse specchiata, e, seppure a fatica, riuscì a trovare per loro una giusta inclinazione.

Mancavano all'appello solo i divani e le poltrone, ancora in fondo al camioncino. Un macchinista aiutò il segretario a trasportarli sino alla sala, e lui poté completare l'allestimento. Bertrand si guardò in giro soddisfatto, poi agguantò il braccio del segretario: "Vai nel camion e prendimi una birra gelata. Vola!"

Enrico ebbe un attimo di esitazione, un residuo di orgoglio che subito represse, poi di corsa raggiunse il camion. Bertrand si era organizzato con una borsa del ghiaccio nel furgone e vi teneva varie provviste di birra, vino e cibi deperibili. Prese una birra e richiuse lo sportello. Si avviò ma dopo due passi la voce del regista lo fermò.

"Come va il tuo primo giorno di scuola, Enrico?"

L'uomo gli andò incontro, flemmatico, con la sua aria da seminarista annoiato.

"Non male, credo di potercela fare."

Il regista lo studiò dalla testa ai piedi.

"Forse dovresti comprarti delle scarpe da ginnastica, sono più pratiche per il tipo di lavoro che farai qui."

Il segretario chinò lo sguardo sulle proprie Church, e annuì. L'altro continuava a fissarlo, dispettoso.

"Sai, Enrico, devo dirti la verità: quando Danielle mi ha proposto di chiederti di sostituire Michel, mi sono fatto una risata. Ho pensato che era fuori di testa. Non credevo che avresti accettato, evidentemente hai le tue buone ragioni per farlo, o forse, mi sono solo sbagliato sul tuo conto. Ti vedo più come un tipo da scrivania, che so? Un dirigente d'azienda, un funzionario statale. Danielle mi ha detto che siete amici da molto tempo... ma non mi ha detto che lavoro fai, anzi ha detto che preferiva lo chiedessi direttamente a te."

Il segretario si sfregò la mano sui pantaloni: il contatto con la bottiglia di birra gelata l'aveva intorpidita. La poggiò sulla spalla del regista, con un gesto di deliberata invadenza, e, strizzandogli l'occhio, in un sussurro, gli disse: "Stavo portando questa a Bertrand, non vorrei che gli arrivasse calda, scusami." Fece appena due passi verso la sala in allestimento, quando la voce del regista lo richiamò: "L'ho fatto per Danielle, vorrei che fosse chiaro. Ho accettato solo per lei."

Il segretario si voltò, e lentamente, smorzando il sorriso che gli affiorava sulle labbra, scandì: "Credo di averlo capito, questo. Sei stato molto generoso. Spero ti sia grata."

22

In quei giorni convulsi, Bottini ricevette una strana telefonata di Maletti. Gli chiedeva di organizzare, in occasione del comizio del segretario a Torino, una cena, in cui i due nemici storici avrebbero finalmente potuto appianare i loro dissapori e stabilire un'intesa utile a rafforzare la nuova linea intrapresa da Oliveri. Nonostante la sua proverbiale diffidenza verso quell'uomo, Bottini accettò e gli promise di adoperarsi perché la cena si facesse.

Quando comunicò l'invito a Ernani, questi all'inizio sembrò distratto, come se non fosse affatto interessato. Poi il professore gli chiese a bruciapelo: "Cosa ti avrebbe risposto mio fratello, se lo avessi proposto a lui?"

"Probabilmente si sarebbe sottratto," rispose secco Bottini.

"È un motivo sufficiente per starci. Tutt'al più mi annoierò un po'. Maletti ha l'aria d'essere un coglione."

Bottini lo guardò sornione, sotto sotto contento di quella decisione. Poi, prendendo coraggio, gli sottopose un foglio dove erano scarabocchiati degli appunti.

"Li ha lasciati Enrico, aveva cominciato ad annotare delle idee per la trasmissione di Bezio, era stato invitato per il sabato successivo alla sua scomparsa. Li ho trovati nel cassetto della sua scrivania. Sono spunti interessanti, chissà, magari possono esserti utili per il comizio di Torino."

Andrea si fermò con la bocca semiaperta, atteggiata in un cenno di perplessa, timida, interrogazione. Ernani lo squadrò divertito, persino allegro. Per un po' lo tenne così, sulla brace, in silenzio; poi affondò il colpo.

"Era un'amicizia alla pari la tua con Enrico, o eri solo il suo fidato collaboratore, asessuato, devoto, acritico, giubilante, come sono sempre i collaboratori dei potenti?"

Bottini sorrise, disarmato.

"Credo che abbia ragione Anna: non vedo come si potesse essere veramente amici di Enrico. Applicava sempre un filtro impersonale, oggettivo, alle cose. Non dava mai accesso alla sua intimità."

"Ne parli come se fosse morto."

"Per quanto mi riguarda lo è."

Ernani prese gli appunti del segretario e iniziò a leggere ad alta voce:

"Ormai è chiaro a tutti che questo paese bellissimo e fragile è condannato a restare civilmente sotto sequestro, prigioniero dei clan. L'istrionismo ha preso il sopravvento sulla virtù. Il carattere amorale è l'unica forma di legame pubblico frequentata dall'italiano. Il risentimento è l'energia che alimenta gli animi deboli della repubblica, e fa del veto l'unico programma politico in atto. In una bellissima lettera indirizzata a Gaetano Salvemini nel giugno del 1945, Ernesto Rossi elencava i motivi che lo spingevano a essere pessimista sull'evoluzione civile e politica dell'Italia. A rileggerli, questi motivi sembrano ancora oggi validi, dopo più di settant'anni di storia. Sarà bene tenerli vivi nella memoria.

L'elenco di Rossi è questo:

1) L*a situazione internazionale. Perché l'Italia possa avviarsi verso un regime democratico bisognerebbe che entrasse a far parte di un ordine internazionale che permettesse di superare il principio di sovranità assoluta degli Stati nazionali, almeno per quanto riguarda l'Europa. Ma le prospettive per una federazione europea sono nulle*. A ben guardare, il tempo gli ha dato ragione, solo l'Europa potrebbe salvare l'Italia, ma l'Europa, ahimè, non salverà neppure se stessa.

2) *Non si sa con quale materiale costruire l'Italia democratica. Solo pochi partigiani hanno veramente combattuto. A parte gli azionisti e i comunisti il resto erano disertori, o lavoratori che avevano preferito farsi trasportare in montagna piuttosto che in Germania. Gli antifascisti veri furono pochi, la maggior parte era composta da voltagabbana*. Voltagabbana, ecco una traccia di continuità. A quanto pare sono destinati a essere il nostro passato e il nostro futuro.

3) *Non è possibile eliminare i fascisti dall'amministrazione*. È vero, il fascismo non è mai morto, sonnecchia da sempre nella classe dirigente italiana incarnandosi di volta in volta in fogge diverse. Per esempio, mascherato da antifascismo.

4) *Noi socialisti liberali siamo e saremo schiacciati fra i reazionari e i comunisti*. Poiché il reazionario è da noi prevalentemente il tipo amorale e deviante che predilige i cazzi propri, l'Italia migliore si è nel tempo raccolta intorno ai comunisti. Ora che in giro non ce ne sono più, quest'Italia è orfana, smarrita, ripiegata su se stessa. Un personaggio in cerca d'autore.

5) *In Italia molte circostanze rendono pressoché inevitabile la guerra civile.* Mi chiedo se questo paese sarebbe in grado, al di là delle quotidiane risse cafonal o dell'odio tra lumpen, di sfogare la propria rabbia nel conflitto. Troppo faticoso, meglio stare a casa propria. A guardare la televisione.

Conclusioni:

Come ritroverà l'Italia i propri dei perduti? Sarebbe facile indicare la strada della virtù e scegliere l'esempio degli undici professori che dissero no al giuramento fascista. Solo ritrovando la capacità di dire no l'Italia potrebbe rialzare la testa. Ma quel gesto, quel no, è stato da tempo espulso dal lessico politico nostrano. La quotidiana azione di mediazione, la vacuità dell'impegno in forma mediatica dell'uomo politico, ingaggiato ogni sera in trasmissioni televisive orripilanti per dare voce al proprio vaniloquio, non prevede più alcuno spazio per dire no. Il no è stato bandito. L'abbiamo bandito soprattutto noi uomini di sinistra venuti dopo il disastroso cinismo che ha caratterizzato l'epoca più corrotta dal dopoguerra a oggi. Noi abbiamo inventato una politica senza no. È l'unica riforma che abbiamo fatto. Noi siamo i protagonisti politici di un'epoca micidiale. Le nostre colpe non potranno che ricadere su di noi e sui nostri figli."

Ernani posò i fogli sul tavolo, chiuse gli occhi, e tirò un sospiro. Bottini attese che dicesse qualcosa, poi, visto che non accennava a muoversi, azzardò: "Che te ne pare? Sembra un testamento."

Ernani rispose senza neppure riaprire gli occhi.

"Mio fratello, sin da bambino, è sempre stato un allergico, e come tutti gli allergici ha sempre cercato di scatenare negli altri un micidiale senso di colpa."

Poi appallottolò i fogli e li gettò nel cestino.

23

Il trio d'archi attaccò a suonare con geometrica eleganza Boccherini. Oltre che da Annette e dal suo focoso amante Paul, il trio era composto dal personaggio più enigmatico del plot, il tenebroso Maxime, colui che, in un'altra scena del film, si era già fatto notare mentre bussava alla porta della stanza d'albergo dove i due amanti si erano rifugiati per fare l'amore. I tre suonavano scambiandosi qualche occhiata fugace, sotto lo sguardo di una commissione di esperti che sembrava ascoltare attenta ogni minima sfumatura della loro esecuzione. Il regista controllava le inquadrature delle tre macchine da presa attraverso i monitor che aveva davanti, compiacendosi dei piccoli trasalimenti improvvisi sul volto di lei, o delle misteriose occhiate indagatrici che di tanto in tanto Maxime rivolgeva ai colleghi.

Allo Stop!, la truccatrice asciugò le macchioline di sudore sulla fronte degli attori e Danielle controllò che Bertrand ricollocasse gli spartiti al loro posto sui leggii. Il regista si avvicinò a Paul e gli chiese di fare, all'inizio del secondo movimento, un piccolo sorriso a favore di Maxime. L'attore ci pensò su, poi disse che ci avrebbe provato, ma che, avendo poca dimestichezza con la musica, non era affatto sicuro di riuscirci. Il regista lo rassicurò: "Ti farò io stesso un cenno al momento giusto."

La scena fu ripetuta diciassette volte, in una tensione crescente. Paul appariva gravato e come incupito dalla concentrazione richiestagli dall'interpretazione del brano musicale e dall'attenzione da prestare al cenno del regista. Il sorriso, che il regista avrebbe voluto lieve e indecifrabile come un geroglifico, sul suo volto teso assumeva un che di rivendicativo o di eccessivamente esplicito.

Al diciottesimo ciak, il regista si dichiarò finalmente soddisfatto del sorriso di Paul, e chiese di passare alla scena successiva, prevista sia in interno sia in esterno.

La troupe, in un baleno, si trasferì nella nuova location: la hall dell'albergo. Maxime e Claude si appartarono in una saletta per discutere sull'impostazione da dare alla svolta "nera" del personaggio. Poi iniziarono a provare la scena. L'aiuto regista relegò in un angolo tutta la troupe, e chiese silenzio. Claude, seduto davanti al monitor, gridò: "Azione!"

Maxime uscì dall'ascensore, il volto tesissimo, guardandosi intorno alla ricerca di qualcuno. Veloce, si diresse verso il bar, lì le uniche presenze ancora in piedi erano il vecchio barman e una coppia di mezz'età. A passi rapidi, attraversò il salone e raggiunse la toilette. Entrò prima in quella maschile, dove non c'era un'anima, poi, dopo un'occhiata, anche in quella femminile. Chiamò due volte: "Annette, Annette!" Poi, dando ogni volta un calcio furioso alla porta, aprì i vari box dei wc vuoti, sino all'ultimo, dove però il suo calcio fu anticipato dall'uscita di una donna grassa, che, con uno strano sorriso sulle labbra, aggiustandosi la gonna, gli chiese: "*May I help you, dear?*"

Claude strizzò l'occhio all'aiutoregista, evidentemente compiaciuto dalla sorpresa procuratagli da quella magnifica comparsa nascosta nella toilette (anche se a fine prova lo stesso aiutoregista dovette rivelargli che la signora era una cliente dell'albergo, che, per puro caso, in quel momento si era trovata lì). Ormai furibondo, Maxime, ritornò nella hall, dove si fermò solo qualche istante. Di scatto, uscì in strada, per raggiungere la riva del laghetto. Lì si accese una sigaretta. C'era un silenzio totale. Dei passi; poi alle sue spalle si udì una voce: "Neanche tu riesci a dormire?"

Maxime si voltò: era Annette. Ne scrutò il viso, poi passò a osservare i vestiti che indossava, le scarpe, la camicia, i capelli, cercando un possibile indizio per i suoi sospetti. Lei notò il suo sguardo accigliato: "Che c'è, perché mi guardi così?"

"Non ti trovavo, dov'eri finita?"

"Te l'avevo detto che non riuscivo a dormire. Volevo prendere un po' d'aria... fare due passi. È così bello questo lago di notte."

Maxime continuò a fissarla negli occhi, ma lei riuscì a sostenere il suo sguardo indagatore. Improvvisamente, lui allentò la presa. "Andiamo a dormire, se no domani saremo due stracci..."

Un urlo: "Stop!" La troupe rioccupò subito lo spazio da cui era stata estromessa. Il regista si avvicinò all'operatore della steadycam chiedendogli se nel corso della sequenza avesse riscontrato problemi particolari.

"Non mi pare, l'unica cosa che mi dà un certo fastidio è quel cassonetto dei rifiuti, rischia di impedirmi di avvicinarmi a loro come vorrei. Non si potrebbe levare?"

"Bertrand! Bertrand! Ma dov'è finito, Bertrand?" il regista, spazientito, chiese all'assistente di cercargli l'attrezzista.

In quel momento si fece avanti il segretario, il volto serio e composto.

"Ci sono io, Bertrand si è allontanato un attimo."

Il regista per una frazione di secondo tacque, indeciso tra il plateale disconoscimento del ruolo da lui stesso assegnato a quel dilettante, e la forte tentazione di metterlo in difficoltà.

"Toglimi dai piedi questo cassonetto, Enrico," lo disse con una veemenza pari all'imbarazzo che l'atteggiamento incongruo del segretario gli provocava. Poi si allontanò, e si diresse verso Annette.

Enrico si accostò al cassonetto dei rifiuti, e verificò il bullone con cui era fissato a terra. Poi corse al camion per prendere la borsa degli attrezzi. Scelse una chiave adatta, ma portò con sé anche una pinza e del grasso.

"Cerca di essere più ambigua, non metterti sempre quella faccia da santarellina, fallo soffrire, e fai in modo che anche gli spettatori soffrano. Pensa a Kim Novak in *Vertigo*, al suo sguardo algido, assolutamente imperscrutabile. Cerca di lasciare spazio al mistero. Lui è appena venuto a cercarvi in camera di Paul, voleva beccarvi in flagrante. Spaventata, tu sei corsa a raggiungerlo in camera, ma non lo hai trovato. Così, preoccupata, sei scesa nella hall. Non c'era, allora sei uscita fuori, e quando lo hai visto, lì, da solo, non hai esitato a andargli vicino portandoti addosso la scia di quello che ti è appena successo con Paul. A mentirgli impregnata del suo odore. Cazzo!"

Claude si era seduto su una delle panchine intorno al lago e la osservava con quel suo ghigno pedante, vagamente isterico. Annette tremò appena, un brivido di scontento per come si era giocata la scena nella prova.

"Hai ragione, devo lasciare le cose più aperte..."

"Ecco, brava."

La giovane attrice si allontanò, delusa.

Enrico, con le mani sporche di grasso, diede un altro giro di pinza e il bullone finalmente iniziò a cedere. Rapidamente, lo fece ruotare per i giri necessari a che il cassonetto si staccasse da terra. In quel momento si avvicinò Bertrand: "Allora non sei così imbranato come sembri!"

Lo aiutò a spostare il cassonetto fuori dal campo della macchina da presa. Poi gli disse di andarsi a lavare le mani. Enrico raggiunse la toilette dell'albergo. Mentre si sgrassava le mani, da uno dei box, uscì Marà, l'assistente.

"Cosa ci fai nel bagno dei maschi?" le chiese, sorpreso.

"Quello delle donne è guasto."

Lei si accostò al lavabo accanto al suo, aprì l'acqua, e la lasciò scorrere. Dopo un istante, il segretario vide che Marà continuava a fissarlo nel riflesso dello specchio, e ricambiò. Rimasero a confronto per qualche secondo, poi lei, con mossa fulminea, lo abbracciò, e con la lingua si insinuò tra le sue labbra. Oliveri la lasciò fare. Lasciò che la propria lingua si unisse a quella, mobilissima, di lei. Marà lo avvinghiò. Con mano esperta, gli carezzò le natiche, gliele strinse. Era eccitata, ma la precisione dei suoi gesti sembrava improntata a una perversa meticolosità, a una calcolata ricerca del piacere. Gli prese una mano, la guidò dentro i jeans, sino alla umida disponibilità del suo sesso. Dopo pochi tocchi, usando la mano di Enrico, venne. Nel momento fatidico disse qualche parolaccia, con un tono basso, di diaframma.

Un attimo dopo, la voce del regista urlò: "Allora, se siamo pronti, giriamola questa cazzo di scena!"

Lei, lesta, gli mise una mano sul sesso, e lo raccolse per pochi istanti, lasciandolo pulsare, inerme. Poi, con calma, si staccò.

24

La piazza era strapiena e le strade che vi confluivano altrettanto gremite. Una fiumana colorata, oscillante come un enorme bruco flessuoso, si snodava dal crocevia a perdita d'occhio. L'allegria, e una certa misteriosa impazienza di gesti e sguardi, conferiva alla moltitudine che si era raccolta per il comizio, un fascino minaccioso, simile alla irrequieta e imprevedibile latenza di un fenomeno naturale, o di una catastrofe.

Ernani era scortato da Bottini e da quattro tizi del servizio d'ordine. Al suo passaggio si levarono dei canti, ritmati da tamburi, nelle cui strofe risuonò senza equivoci la fiducia di cui da un po' di tempo la nuova linea del segretario sembrava beneficiare. Bottini, claustrofobico, avanzò cauto, districandosi a malapena dal convergere della folla. Era imperlato di sudore, visibilmente a disagio. A fatica, riuscirono a raggiungere il retro del palco. Ad attenderli c'erano i dirigenti locali del partito e qualche ospite, tra cui Sindra, il cuoco più celebrato di Torino, e Aranzi, lo scrittore.

"Non me la sarei mai aspettata questa folla," disse in un gemito Bottini. Ernani, tranquillo, si limitò a sorridere.

"Hai bisogno di qualcosa, un po' d'acqua?" gli chiese ancora Andrea.

Ma Ernani non rispose, si spostò e iniziò lentamente a salire gli scalini del palco, sillabando qualcosa tra sé. Dopo un attimo, il segretario provinciale del partito pronunziò il suo nome, e lui apparve alla folla. Rimase per qualche istante immobile, muto; istanti che a Bottini sembrarono interminabili. Poi, con voce chiara, vibrante, iniziò a parlare.

"Dici: / per noi va male. Il buio / cresce. Le forze scemano. / Dopo che si è lavorato tanti anni / noi siamo ora in una condizione / più difficile di quando si era cominciato./

E il nemico ci sta innanzi / più potente che mai. / Sembra gli siano cresciute le forze. Ha preso / una apparenza invincibile. / E noi abbiamo commesso degli errori, / non si può negarlo. / Siamo sempre di meno. / Le nostre / parole d'ordine sono confuse. Una parte / delle nostre parole / le ha stravolte il nemico fino a renderle/ irriconoscibili./

Che cosa è errato ora, falso, di quel che abbiamo detto? / Qualcosa o tutto? Su chi / contiamo ancora? Siamo dei sopravvissuti, respinti / via dalla corrente? / Resteremo indietro, senza / comprendere più nessuno e da nessuno compresi? / O contare sulla buona sorte? /

Questo tu chiedi. Non aspettarti / nessuna risposta oltre la tua."

Ci fu silenzio, poi un boato sommerse Ernani, un'onda inesauribile di affetto gli si riversò addosso e non parve più voler cessare. Lui salutò con la mano quelle facce esultanti e i gesti che le accompagnavano. Poi, incerto, lasciò il palco.

Quandò arrivò giù, tra gli abbracci e i tripudi dei fan, gli venne incontro un novantenne che con voce dolcissima volle confidargli questo suo rammarico: "Mi dispiace di non potere esserci nel giorno della vittoria, i medici mi hanno detto che non mi resta molto tempo." Poi sparì. Fu a quel punto che il professore si accorse che Bottini, in disparte, stava piangendo. Gli si avvicinò e lo abbracciò con calore. Andrea, tra i singhiozzi, gli bisbigliò qualcosa: "Non ho capito dove te ne sei stato nascosto per tutto questo tempo."

Come riportato in seguito da tutti i cronisti presenti, il comizio del segretario era durato solo sei minuti. Erroneamente, alcuni giornali attribuirono la poesia recitata da Ernani alla penna dello stesso segretario. Fu Aranzi, in un articolo di fondo, a rivelare che si trattava di una poesia di Bertolt Brecht, A chi esita, scritta nel periodo del suo esilio in Danimarca.

Per giorni i commentatori politici s'inerpicarono in audaci tentativi di interpretazione di alcuni passaggi della poesia. In particolare, fece molto effetto il verso che diceva: "Una parte delle nostre parole le ha stravolte il nemico fino a renderle irriconoscibili." Molti scrissero che finalmente qualcuno restituiva dignità al senso di una lotta offuscata dall'impotenza e dalla mistificazione.

25

"Tu sei molto diverso da quello che cerchi di apparire."

Marà si era sdraiata sul divano, nuda. Cercava nel volto del segretario un barlume di confidenza. Ma gli occhi di Enrico proiettavano una luce neutra, impossibile da penetrare. Si erano nascosti in sartoria, tra le relle dei vestiti di scena. Sbrigativamente, lo spogliò dei pantaloni e delle mutande, poi gli si accovacciò sopra. Iniziò così a cavalcarlo, in un crescendo muscolare, ogni tanto chinandosi a sussurrare qualcosa al suo orecchio, frasi smozzicate, in genere piccole indecenze. Le diceva in uno strano italiano inventato, e lui fingeva di divertirsi. Vedendola con gli occhi chiusi, mentre lo montava coll'implacabile determinazione di una guerriera, al segretario tornò in mente il verso di una poesia di Beckett: io nullo, lei scafo regale.

Con una mossa imprevista, lei si accostò al suo orecchio, e lo mordicchiò, sbavandogli sopra. Si muoveva su di lui a un ritmo regolare, come se stesse adempiendo a una missione solitaria, che non prevedeva altro trofeo che non fosse il disbrigo del proprio piacere. E, al segretario, la sensazione di essere un puro strumento nelle sue mani non dispiaceva affatto. Per tutta la durata dell'amplesso non si guardarono mai, né il raggiungimento del piacere poté minimamente illudere Enrico di aver condiviso con lei una sia pur fugace intimità. Come era accaduto la prima volta nel bagno dell'albergo, dopo aver consumato sino in fondo l'atto carnale, Marà, in un lampo, sparì. Senza un commento, senza un indugio. Neppure la proverbiale sigaretta.

Il segretario si ritrovò solo, nudo, riverso sul tavolo della sartoria come un cadavere sul tavolo anatomico. In quel momento, in quell'assurda posizione, nell'assoluta estraneità di quell'ambiente, riconobbe il motivo di una sua segreta melodia, perduta a vent'anni. E si sentì di nuovo profondamente vivo. C'era un prima e un dopo nel tracciato della sua esistenza. E il punto di non ritorno, o il luogo del possibile ricongiungimento, era certamente Danielle.

Era apparsa un pomeriggio d'estate al Filmstudio, e, appena avvistata, gli era subito stato chiaro che era lì per scompigliare i suoi piani. Per sconvolgere l'idea, già allora malata, che la vita fosse solo l'aggiornamento continuo e paziente di un piano segreto. Un piano per stabilire cosa mangiare (ossia la compilazione di una lista dei cibi da preferire), un piano per i libri da leggere, per i film da vedere, per evitare delle persone fastidiose, per isolarsi dal mondo e scrivere un romanzo, per l'amore fisico, per l'autoerotismo, per non fare più piani, quest'ultimo sempre perdente, e sempre dolorosamente culminante in ritorsioni inflitte a se stesso. D'altronde, anche Tolstoj amava fare piani e liste, lo aveva appreso da Rousseau. E in fondo l'idea del piano non era anche in *Guerra e pace*, nel grande tema sotteso al diverso atteggiarsi di Kutuzov e Napoleone rispetto al ruolo da assegnare al caso nel corso di una battaglia? E che dire dell'Azione Parallela inventata da Musil? Cosa era in fondo l'attività politica se non la riduzione della vita, delle sue aspettative, all'illusoria onnipotenza del piano? La sua vita era trascorsa nell'ossessione di un piano segreto, e ne era prigioniera come l'Italia. E non era stata la politica in sé, ma la sua pietrificazione a opera del politico a creare nel paese il feticcio del piano. Un piano che avendo da tempo ingoiato le sue finalità non prevedeva più alcuna corrispondenza tra il respiro degli uomini, delle donne, dei bambini, degli asini, delle mosche, e il progettato, pianificato dispiegarsi del supposto progresso civile. Una staffetta infinita di piani, di emergenze, di iperpiani, di piani eversivi, di piani correttivi, si era succeduta nel tempo, con la cadenza di un balletto folle, per consegnare un intero paese – caso unico in Europa – nelle mani del crimine, dell'evasione, della truffa, della devianza, dell'ecatombe morale, assoggettando i cittadini al dominio di bande e famiglie perpetuamente dedite al dileggio del bene pubblico. Piani senza spirito di soccorso, estranei alla carità, al decoro, al degno e responsabile possesso della propria vita. Catasti di infelicità. A cui, pensò Enrico, lui stesso e il partito non erano mai stati in grado di opporre nulla che non fosse il proliferare di altri piani, covati nella striminzita limitatezza di poche menti offuscate dal sospetto reciproco, dal kaseiristico impulso a porre un costante veto ai progetti ideati dalle menti migliori, le più libere e pure, dal piacere coattivo e vizioso di concepire astratte e irrealizzabili alchimie sociali, per non scontentare, non allarmare, non provocare, non, non, non... Quand'è che il tempo aveva cominciato a fermarsi, che l'intelligenza aveva ripudiato l'azione, rifugiandosi nella sfera conchiusa e autosufficiente del piano, parodiando la perfezione circolare dei piani economici dei singoli paesi che rinviano ai piani economici delle unioni, delle confederazioni, delle realtà sovranazionali, che rinviano al globo, e così, rinviandosi di volta in volta l'uno all'altro, enti inferiori ed enti superiori, come i cerchi che si allargano nell'acqua, era stato possibile lasciare svanire nel nulla le idee e i propositi, gli obiettivi e le mete, senza che le azioni avessero mai conseguenze concrete, o effetti salvifici? Quand'è che la redenzione aveva indossato la maschera dell'abiezione?

Si addormentò, cullato dalla certezza di avere riacciuffato il filo interrotto, quello che gli avrebbe consentito di ricomporre l'ordito illeggibile di una vita sospesa sul baratro della dilazione, come una promessa rinviata e mai mantenuta.

Dormì così profondamente che, appena sveglio, scoprendo che Danielle lo stava guardando, pensò di essere ancora dentro un sogno. Fu lei a interrompere bruscamente quella parentesi illusoria.

“Rivestiti, la costumista sta raccontando a tutti che sei un pazzo esibizionista. È ancora sotto shock... A quanto pare, quando è entrata qui, eri in uno stato un po' imbarazzante. Sì, insomma, avevi un'erezione.”

Danielle si alzò dalla sedia, il segretario notò che aveva un'espressione mesta, come se fosse stata lei la vera vittima di quell'increscioso incidente. Mentre usciva dalla stanza, Danielle si fermò sulla soglia.

“Per qualche giorno ti guarderanno con un certo sarcasmo, ma non preoccuparti, durerà poco. La troupe di un film è uno strano organismo sociale, molto più propenso all'anomalia che alla norma. Siamo tutti, chi più chi meno, degli esseri inadatti alla vita ordinaria. Se ci tolgono l'acqua della nostra piscina, l'unica in cui ci piace nuotare, ci ammaliamo."

Sorrise, malinconica, poi sparì. Enrico si rivestì in fretta.

Di là, la costumista stava elargendo gli ultimi dettagli sulla leggendaria posa oscena in cui lo aveva trovato. Sentì che diceva: "Stava lì, in attesa, con le gambe aperte e il cazzo pronto, esibendolo come se fosse l'arnese di una pornostar."

Il segretario lasciò che ridessero sguaiati, poi azzardò un passo nella stanza. Un unico sguardo gelatinoso misurò, in silenzio, il suo tragitto dal salone sino alla porta d'ingresso.

Fuori l'aria era tersa, frizzante. Bertrand se ne stava appoggiato al camioncino, in attesa. Enrico gli si avvicinò. Si guardarono, sospesi. Improvvisamente, l'omone gli mise le mani sulle spalle e con la sua vocina disse: "Bravo... bella fica! Ci avevo fatto un pensierino anch'io."

Dopo un po' la troupe si ricompose, e a Enrico fu chiesto di mettere in moto un ventilatore sul primo piano di Paul che guardava malinconico verso il lago al tramonto. All'*Azione!*, però, il regista, vedendo il segretario assorto accanto al ventilatore, fu preso da un vero e proprio *fou rire*, e ci vollero sei ciak prima che ritrovasse la concentrazione necessaria per portare a casa la ripresa. A fine giornata, il regista confessò a Danielle che non riusciva a togliersi di mente l'immagine di Enrico nudo sul tavolo della sartoria.

Più tardi, a letto, faticando a prendere sonno, il segretario fu visitato dalle immagini febbrili e caotiche del suo amplesso con Marà. Rivide la luce speciale che filtrava nel pomeriggio dalle finestre della sartoria, una luce ambrata, la ben nota e seducente luce degli amanti: intima, ipnotica, clandestina.

"Tu quanti anni hai? Devi essere più di là che di qua," gli aveva sussurrato lei, ridendo e continuando a muoversi nuda in quella luce.

Già, non ci aveva riflettuto abbastanza, ma era vero: la sua vita stava avvicinandosi alla fase cruciale. Al terzo atto.

26

Furlan teneva tra le mani incerte il foglio su cui Bottini aveva copiato per lui i versi scritti da Müller per Schubert.

"Come un estraneo sono comparso, come un estraneo me ne vado. Scacciatemi pure, o cani che vegliate, non fate ch'io riposi nella pace notturna! Io, ho finito, io, di sognare: che ci sto a fare tra coloro che dormono?"

Il livido sulla fronte era quasi scomparso, la cicatrice della ferita non ancora. Il vecchio era pallido, ma il suo sguardo indomabile era tornato quello di una volta. Bottini, in piedi, lo soppesava, ancora incredulo per la sorprendente ripresa degli ultimi giorni, giudicata dai medici altamente improbabile.

"Perché ti interessano questi versi?"

"È una scommessa, un mio amico mi ha inviato un messaggio cifrato e vuole che scopra cosa nasconde."

"Lo conosco?"

"No, è un mio compagno di scuola. Un fesso."

Furlan lo fissava senza muoversi, con gli occhi mobilissimi, appena velati dalla cataratta.

"Più che fesso mi sembra presuntuoso. Uno che si compiace di essere estraneo a tutto, e di potersene andare quando vuole, senza dover rendere conto a nessuno, come minimo è un arrogante. Non mi fa simpatia."

27

“L’orizzonte è oscuro, ma proprio perché la notte è lunga, non ci si può permettere il lusso d’essere ingenui. Non posso credere che tu stia veramente illudendoti di farcela da solo. Questo è un paese marcio, stanco, che ha paura. E la paura lavora per loro, non per noi. Noi siamo figli della speranza, Enrico.”

Ernani non disse nulla, si accese una Chesterfield spezzata a metà, e lo lasciò continuare.

“Io posso esserti utile, posso offrirti una copertura con quella parte del paese che ti detesta perché ti ha sempre considerato opaco, indeciso, prudente, troppo sofisticato, narcisisticamente appagato dalle tue metafore letterarie: l’azione parallela, per chi suona la campana, domani nella battaglia pensa a me. Lo so che non ti sei mai fidato di me, e in un certo senso ne capisco la ragione, ma penso che oggi le cose siano cambiate. Prima di tutto, è il tempo che ci ha cambiato. Anzi, tu sei cambiato più di quanto lo sia io. Questo devo ammetterlo. Sei diventato più rigoroso, persino tagliente. E io più morbido, più tollerante. Sai, a volte, in quest’ultimo periodo, da quando sei tornato dopo la malattia, faccio una certa fatica a riconoscerti.”

Maletti alzò la mano per richiamare l’attenzione di un cameriere. Il più giovane gli fece cenno di aspettare.

“Mi fa piacere che tu abbia accettato il mio invito, non era scontato.”

Ernani sorrise.

“Sei riuscito a commuovermi col tuo comizio, sai?”

Il professore allargò le braccia.

“Un’idea geniale, quella poesia. In fondo, uno dei nostri problemi è il fatto che ripetiamo sempre le stesse cose. Le parole del nostro frasario sono consunte. Non hanno più polpa. E poi Brecht è stato un grande poeta civile… forse il più grande, dopo Dante.”

“Il più grande poeta lirico, direi. La sua poesia civile è sopravvalutata. Per me è il poeta dell’intimità con le idee, con le donne, con la Storia.”

“Certo.”

Maletti fece ancora un cenno al cameriere, senza però riuscire ad attirare la sua attenzione.

“Non mi ero mai accorto della tua formazione filosofica e letteraria. Impressionante. È un piacere stare a sentirti.”

“Ah, sì? Un tempo tu eri celebre per le cattiverie sugli intellettuali. Non mi pare sia mai stata la tua categoria di riferimento. ”

“No. D’altronde, non puoi negare che si tratta di una categoria che non è mai stata molto generosa con il nostro paese. Tantomeno coraggiosa. Avida, opportunista, arrogante, semmai. A essere un po’ cambiato sono io, non loro.”

“Già.”

Il cameriere giovane, trafelato, consegnò a ciascuno di loro una copia del menu, poi elencò i piatti del giorno.

“Ti consiglio la battuta di carne, favolosa. Oppure la barchetta di asparagi, uno sfizio,” sussurrò Maletti, che aveva inforcato degli occhialetti sottili, e guardava l'ospite di sbieco.

"Due uova al tegamino, grazie."

Il cameriere annotò l'ordine, e volteggiò altrove.

"La tua esuberanza, sinora inedita, se mi consenti di dirtelo, mi aveva persino indotto a sospettare che tu prendessi qualcosa. Sì, un aiutino."

Ernani sorrise, divertito.

"Potresti proporre in direzione di sottopormi a un esame antidoping, credo che molti sarebbero d'accordo. Io non ho nulla in contrario."

"Non sto affatto scherzando, Oliveri. Cosa c'è sotto?"

"Nulla, Maletti. Ti compiaci di essere cambiato ma non ti sei accorto che la politica in Italia non esiste più. Oggi domina la cultura punk. Cosa dice il primo principio punk? Ciascuno è l'artista di se stesso. Il Presidente del Consiglio si attiene quotidianamente solo a questo sano principio. Inventa se stesso secondo le opportunità. Un giorno da criminale, un altro da pedofilo, un altro ancora da missionario, una settimana da libertino, un'altra da bigotto baciapile, qualche volta vorrebbe indossare quella dello statista, ma si annoia troppo. È come sfogliare il catalogo di un prestigiatore. E, come si può vedere, il punk ha fatto scuola."

Maletti lo guardò con una certa dose di diffidenza.

"Che cosa vuoi dire?"

"Il crimine e la politica hanno stabilito un nuovo patto, l'assassino e la vittima sono la stessa persona. È la perfezione."

Maletti era disorientato; cominciava a temere che l'ospite si stesse prendendo gioco di lui. Ma Ernani era inarrestabile.

"In Parlamento ci sono la mafia e la camorra, e c'è il politico che fa da tramite per i loro affari, ma, ed è qui il bello, c'è anche il loro avvocato difensore. È la prima generazione di politici postbellici ad avere immaginato un ciclo in cui sono rappresentati tutti gli anelli della catena, dal delitto alla sua sparizione legale. La Democrazia cristiana non era arrivata a tanto. C'era una tresca continua col crimine ma loro, nei limiti del possibile, cercavano di tenerla fuori dal Parlamento. Ricordi quell'avvertimento di La Rochefoucauld? *Si fa del bene per poter impunemente continuare a fare del male*. È tutto lì, il problema, oggi. In quella parolina. *Impunemente.*"

"Parli come se non fossi mai stato in questo Parlamento. Anche se si tratta di criminali, non possiamo consegnare ai giudici la sovranità che ci è stata assegnata."

"*Con Dio o senza Dio, nessuno sa se alla fine della vita si è salvato o si è perduto*. Questo lo ha detto un uomo di destra, Raymond Aron. A quelli come voi il giudice fa paura perché avete la certezza di essere perduti."

Maletti avvertì un brivido, cercò di reagire ma non riuscì a emettere suono, tacque. Il cameriere gli servì la battuta di carne. Provò ad assaggiarne un boccone, ma non riuscì a ingoiarlo. Gli era passata la fame.

28

Marà si era appoggiata coi gomiti sul tavolo. Enrico, in piedi, le stava addosso, alle spalle. Uno specchio sulla parete laterale rifletteva i loro corpi, distorcendone nel riflesso i contorni, ridotti a un vago segno anamorfico, un *unicum* indistinto.

Il segretario, mentre muoveva freneticamente il bacino, modulando il movimento secondo l'eccitazione e il piacere, rincorreva ossessivamente nella memoria la frase che molto tempo prima aveva letto in un romanzo. In quella frase, l'autore – ne aveva dimenticato il nome – sosteneva che le donne usino il corpo come insegna della propria anima.

In quel momento, Marà iniziò a parlare, cioè, come era sua abitudine, iniziò a dire delle sconcezze. Non parlava a lui, parlava a se stessa, rinnovando il rito di un'intima confessione in forma di dialogo, un dialogo immaginario nel corso del quale riservava a sé entrambi i ruoli, l'attivo e il passivo. Pronunciare in modo preciso, scurrile, le pratiche del sesso che voleva le si facessero, nominandone i gesti, evocando le parti del corpo, da leccare o succhiare, oppure penetrare, le dava piacere. E nonostante la crudezza dei termini, e l'intonazione in cui sembrava risuonare qualcosa di preumano, o di animale, ascoltando quella litania, e spiando il suo corpo allo specchio, contemplando cioè affascinato l'unicità, e anche la straordinarietà di quell'immagine – Marà era incredibilmente piccola di statura, tanto da emanare nel riflesso fascino e orrore –, al segretario sembrò di ricevere una precisa conferma dell'ipotetico assunto contenuto nella frase di quel romanzo. Era vero, Marà usava il corpo come insegna della propria anima. Lo usava cioè, il più delle volte, per tradire la propria anima, per tenerla in bilico, con il sesso, sul baratro di una sperimentazione infinita, forse insensata. E lo usava per esperire, con gli uomini cui occasionalmente si accoppiava, la spasmodica incertezza tra la sua sete d'infinito e il suo amore per il dettaglio. Non somigliava a nessuna delle donne che aveva conosciuto nella vita precedente, Marà, ma Enrico sentiva vibrare in lei qualcosa di profondo e di lontano, l'eco di una misteriosa e primordiale promiscuità.

Il segretario si accasciò sulla schiena della ragazza, cercando un appoggio confortevole per la propria, piccola, agonia. Ma lei, come sempre, non volle accoglierlo, e preferì scivolare via.

La ritrovò, poco dopo, in cucina, con indosso solo una maglietta, a cucinare due spaghetti. Aveva acceso l'iPod, una canzone della Nannini, omaggio all'amico italiano. Mangiarono di gusto, senza sentire il bisogno di dirsi qualcosa. Per il segretario, questa, era una novità piacevole. Con Anna, infatti si era instaurato uno scambio a volte persino troppo onesto. Invece, da quando era un fuggiasco, nelle poche situazioni sociali in cui si era imbattuto, si era trovato nella piacevole condizione di mentire. Con Anna non sarebbe mai stato possibile. Anche se, a volte, era stato proprio lui a divertirsi stuzzicandola sulla presunta scientificità del suo mestiere, sull'impostura che a lui sembrava vi fosse connaturata. "La mia chiromante": la presentava così ai propri colleghi. Ma le riconosceva una paradossale competenza umana. Paradossale, sì, ma non del tutto inattesa per una che, da un giorno all'altro, disinvoltamente, era passata dal canto all'economia.

Quando si erano conosciuti, lei ancora si esibiva nel coro di Santa Cecilia, tra le voci soprano. Ma era già sul punto di laurearsi. Poi, con l'abbandono dell'attività canora, sarebbero arrivate la borsa di studio alla London School, il periodo da *visiting* a Cambridge, e le prime collaborazioni prestigiose. In seguito tra loro due si sarebbe avviato l'eterno e affettuoso conflitto teoretico tra chi è incline a leggere nella realtà un'infinita gamma di accomodamenti possibili, labirinticamente negoziabili, e chi, viceversa, pretende di estrarne, in base a presunti criteri scientifici, prescrizioni ineludibili per una sorta di "razionalità programmatica", affidata a grafici e andamenti del Pil, a indici e tabelle statistiche di orientamento.

Per la sua formazione, Anna era accreditata tra i componenti di spicco di una scuola minoritaria ovunque molto apprezzata, di chiara impronta keynesiana. Attraverso l'originale elaborazione dell'eredità di pensatori classici come Turgot, Smith, Mill, era approdata a un'autonoma visione teorica nelle cui linee, intrecciate a una profonda riflessione sugli aspetti non strettamente economici della trasformazione produttiva (assetto giuridico, ambiente, istruzione, tempo libero), era impossibile riconoscere tratti comuni al liberismo dominante, espressi in quel miope egoismo e in quell'avida ferocia egemoni nel più recente periodo della storia politica italiana.

Al segretario piaceva attribuire la peculiarità del modo

di pensare l'economia da parte di Anna al suo sentirsi ancora una cantante. Al fatto cioè che nel tempo avesse potuto affinare attraverso il magistero del canto anche una speciale tecnica per sondare l'anima invisibile, o nascosta, del mondo. Il romanzo quotidiano della disperazione sociale come ormai in Italia si era da tempo cronicizzato, l'orizzonte di social-despair, come era di moda etichettarlo, la cappa depressiva di nuove e vecchie povertà, che nell'obiettivo primario del politico di sinistra, nella sua azione, definivano la forza d'urto delle sue scelte, o la nebbia della sua inadeguatezza, in Anna davano spazio allo straziato e irresolubile conflitto tra le sue chisciottesche posizioni contro i poteri forti dell'integrazione economica, da lei accusati di creare squilibri sempre maggiori mascherandoli con maldestre argomentazioni pseudosociali, e la sua attiva militanza nel pantheon prestigioso dei club delegati a orientare le decisioni di fondo dell'economia del paese. Questa contraddizione letale era risolta dal suo rapporto col canto. Cantando, Anna ritrovava la vastità dell'orizzonte che la disciplina economica, ciò che nel tempo era ormai divenuta, comprimeva sino all'angustia. Attraverso il canto (da dieci anni aveva ripreso a cantare ogni giovedì in un coro parrocchiale di semiprofessionisti) lei poteva attivare quella tensione che aveva finito per permeare il suo impegno quotidiano di una misteriosa spiritualità, insufflandolo di un sincero anelito di redenzione sociale, avvertibile persino nell'uso dei numeri o dei grafici. Erano memorabili i suoi violenti attacchi in sede di commissione programmatica a quella che lei definiva *tecnocrazia irresponsabile*, in grado di vanificare gli elementi illuminati e progressisti stabiliti nel piano di sviluppo industriale. Come pure risuonavano ancora nelle orecchie dei pavidi colleghi, i consiglieri del Principe, i suoi strali contro la corruzione, contro la lebbra del malaffare, l'ingordo e avido saccheggio compiuto da bande trasversali del Parlamento nei confronti delle risorse virtuosamente sottratte al gorgo vorticoso della spesa pubblica.

Il lusso di attardarsi nel dormiveglia, di attraversare i diafani veli del sonno, esplorandone a occhi aperti gli incerti contorni – nel deliquio, il segretario sentì a un tratto la voce rauca della Nannini gridare: *Voglio il tuo profumo*. Al suo fianco, Marà stava dormendo profondamente, e, nel sonno, il suo viso tormentato sembrava aver fatto naufragio in un territorio ignoto, dove l'onnipotenza del controllo e della volontà era bandita.

Il segretario si mise a sedere sul letto, in ascolto. Il respiro affannoso di Marà emanava un rantolo infantile. Si alzò e attraversò in punta di piedi la piccola stanza-alcova. Raggiunse il soggiorno. Si guardò intorno, cercando l'iPod. Ne seguì la scia sonora sino alla cucina. Lo spense. In un lampo, il silenzio gravò su tutta la casa. Riempì un bicchiere d'acqua e lo bevve d'un sorso; sapeva di cloro. Tornò nel soggiorno, e accese il televisore, senza volume. Il volto di Charles Boyer, affilato nell'enigma, invase lo schermo. Era un vecchio film in bianco e nero. Lo aveva visto più di una volta ma non ne ricordava il titolo. L'attore, camminando di notte in una soffitta, faceva risuonare ad arte i propri passi così da terrorizzare al piano di sotto la moglie, Ingrid Bergman. Si stufò, e cambiò canale: una, due, tre volte. Dopo le immagini malinconiche di un circo tedesco e quelle di un documentario sulle zebre, apparve il volto di suo fratello, il professor Ernani. Il sottopancia diceva che si trattava del segretario del maggior partito d'opposizione in Italia, Enrico Oliveri. Alzò il volume. Il cronista, dopo aver riferito le cifre in costante risalita dei più recenti sondaggi, raccontò al pubblico il successo e lo scandalo di un recente comizio del segretario, durato solo sei minuti, nel corso del quale egli, a memoria, aveva recitato una poesia politica di Bertolt Brecht. Seguirono dei pareri volanti, rubati tra la folla del comizio.

Una donna con un cappellino lavorato a maglia, disse: "È una giornata meravigliosa. Da qui, da questa piazza ci riprenderemo il Nord, il nostro Nord civile e tollerante."

Un vecchio operaio dichiarò: "Mi piace. Sì, e lo sa perché mi piace? Perché non ha un cazzo di paura, e quando non si ha paura, caro mio, si va alla guerra e non ci si fa mica fottere, si va per vincere."

Poi tornò Ernani, con una selva di microfoni davanti al volto. Il segretario gli lasciò dire soltanto un frammento di frase – "ma io amo le eccezioni" –, poi tolse definitivamente il volume. Per un istante ancora, continuò a guardarne il movimento delle labbra, l'espressione degli occhi. Poi spense il televisore, e restò al buio, immobile.

29

Era la prima volta dall'inizio della loro coabitazione, che Anna e Ernani sceglievano di fare qualcosa insieme. Era stato lui a proporle una passeggiata fuori città, per raggiungere da qualche parte il mare. E lei aveva trovato naturale rispondere: "Noi abbiamo una casa, al mare. Ma Enrico non vuole mai andarci. La detesta. Se ti va potremmo andare lì."

Anna aveva guidato in tensione, con il corpo il più possibile attaccato al volante, come aveva visto fare a certi tassisti molto anziani. Ernani, invece, da quando avevano raggiunto la costiera, il viso perennemente rivolto al finestrino, si era immerso in quell'espressione distesa, addirittura radiosa, che anima certi tipi nervosi quando d'improvviso scoprono d'essere a loro agio, di nuovo in consonanza col mondo.

Sulla strada, Ernani le aveva chiesto di fermarsi per comprare qualcosa da mangiare. Allegramente, inscenando un finto litigio coniugale, avevano scelto dei pesci dal carrettino di un ambulante, poi dei pomodori. La casa, nascosta tra le dune, era isolata. Si trovava in quel tratto di costa ancora decente, oltre lo scempio di piccoli abusi creati per fare largo agli orribili casotti dei nuovi stabilimenti balneari.

Anna, spalancate le finestre per arieggiare le stanze, aveva tirato fuori le sdraio e il tavolo con le sedie.

Senza neppure dirsi qualcosa, sull'onda della naturale dimestichezza che si era instaurata tra loro, si ritrovarono a passeggiare sulla spiaggia. Mentre camminava, Anna mentalmente annotava le tante cose che Ernani mostrava di apprezzare e che il marito avrebbe detestato. Per esempio: lasciarsi bagnare dall'acqua, addirittura lasciare l'onda lambire il risvolto dei pantaloni. Oppure: condividere con un'altra persona il silenzio, accettandone a oltranza le imprevedibili conseguenze.

Si ricordò che la prima vera crisi tra lei e Enrico, all'inizio della loro frequentazione, era nata dal suo proverbiale silenzio. Lui le aveva rimproverato una sorta di smodatezza nel restare per ore zitta, e l'aveva accusata di non porsi il problema morale sollevato da un uso eccessivo del silenzio. Lei gli aveva risposto che il silenzio è eccesso, deve esserlo. Non si può moderare, tantomeno addomesticare. Lui, sarcastico, aveva citato Pirandello.

"Io mi salvo, io solo nel mio silenzio, che m'ha reso, come il tempo vuole, perfetto."

Lei, a sua volta, aveva recitato, a memoria, un verso di Ritsos: "Ultima forma di libertà, restò il silenzio."

Forse era stato proprio il silenzio lo spartiacque del loro legame (una volta lui l'aveva affettuosamente definito "la nostra dissonanza"), il tema che li aveva accompagnati sin lì, la melodia segreta che con sapienza aveva orchestrato le loro esistenze, distendendo per ognuno di loro un mantra speciale, il mantra del silenzioso e il mantra del loquace.

Erano intanto giunti nel punto dove la spiaggia si

congiunge alla foce del fiume, luogo di sosta dei gabbiani e a volte, fuori stagione, degli aironi. Non ve n'era traccia. C'era vento, però, un gran vento che spazzava le nuvole bianche creando nel cielo terso delle grandiose e cangianti forme barocche. In quel momento Anna sentì nella propria mano la mano di Ernani. Era lei che gliel'aveva offerta? O era stato lui a prendere la sua? In seguito, nei giorni tumultuosi che seguirono, quella domanda l'avrebbe assillata, invano. Ma di sicuro, quella mattina, continuando a camminare a piedi nudi sulla sabbia, per la prima volta dopo molto tempo, Anna ritrovava la pienezza di senso del suo essere nuovamente sola, senza legami.

Dal momento in cui Enrico era scomparso, dalla prima volta in cui lei era rientrata in casa, facendo visita alla casa di un'altra se stessa, la moglie, l'amica, la compagna dell'uomo politico, la donna complice, la donna che sa che non c'è mai tempo, non ora, non qui – in quell'elaborazione del lutto un po' assurda e irreale celebrata per qualcuno che non è morto, qualcuno che si è deliberatamente sottratto a noi, al maleficio della nostra compagnia, del nostro amore, della nostra devozione – da quel primo sbigottimento pieno di rancore al pomeriggio denso di sensazioni nitide che ora, mano nella mano con uno sconosciuto, stava vivendo, si era affacciata per Anna una verità nuova, e con essa l'irrevocabile certezza di essere arrivata a un passaggio cruciale, che non aveva niente a che fare col risentimento o con la vendetta, tantomeno con la condanna. Con l'euforia che da sempre accompagna le rivelazioni improvvise, Anna comprese di essere stata, ben prima che accadesse, la vera complice della fuga di Enrico. La riconobbe come una verità semplice, adamantina. Da accettare senza rammarico, senza nostalgia, senza peso. E, stringendo la mano di Ernani, pensò che quella passeggiata a piedi nudi era l'unica cerimonia di congedo che poteva dedicare al marito scomparso.

30

La presidentessa della commissione di concorso, una cinquantenne piacevole, dopo aver sfogliato con attenzione il curriculum del gruppo, lo ripose nella cartella di cellophane.

"Da quanto tempo suonate insieme?"

"Tre anni."

"Avrei detto di più, siete molto affiatati."

Maxime accennò un sorriso, ma lo spense subito.

"Lei è il responsabile del trio?"

"Sì, sono l'addetto alle faccende pratiche, concedo ai miei due compagni il lusso di poter fare solo gli artisti."

La donna annuì.

"Come mai avete scelto questo nome bizzarro per il vostro trio, 'Viva la libertà'?"

"Non c'è un motivo preciso, se non che piaceva a tutti e tre. Sappiamo benissimo che non è molto ortodosso. Ma forse contiene il segreto del suonare insieme, del fare musica, almeno per noi... Tenere alta la bandiera della libertà nel legame, credo sia questo il mistero dell'interpretazione, trovare la propria libertà nella costrizione dello spartito."

La donna sembrò compiacersi della spiegazione, e sorrise guardando Maxime, in silenzio.

Anche lui la guardava, con un sorriso mesto, di attesa.

"Bene, ho una bella notizia da darle. La commissione vi ha assegnato il primo premio."

Maxime non mosse un muscolo, continuò a guardarla, ma intanto il mezzo sorriso era sparito dal suo volto.

"Come sapete, il regolamento del concorso prevede l'accettazione preliminare da parte del vincitore di una scrittura di un anno, per una tournée."

Maxime continuò a non dire una parola. E la donna colse qualcosa di strano, un turbamento, sul suo volto.

"C'è qualche problema?"

Maxime si schiarì la voce, poi: "Purtroppo noi non possiamo accettare, abbiamo già degli ingaggi."

"Guardi che questo è uno dei premi più prestigiosi d'Europa, vi garantisce una carriera senza eguali," le labbra della donna ebbero un tremito d'indignazione, mentre lei continuava a guardarlo, gelida.

Maxime, agitato, si alzò in piedi.

"Mi dispiace ma non siamo nelle condizioni di potere accettare, ci sono degli impegni precedenti."

La donna lo tenne ancora nel suo sguardo, stupita.

"Non vedo quali impegni precedenti possano stare sullo stesso piano di quelli che vi proponiamo noi, ma non importa. Vorrà dire che il premio andrà al secondo classificato, un gruppo di altissimo livello," gli tese la mano a congedarlo, aggiungendo: "Buona fortuna."

Maxime porse la sua, di mano, e ci fu una rapida stretta, poi si alzò e si avviò verso la porta. Prima di uscire si voltò a guardarla: lei stava già leggendo il curriculum del gruppo arrivato secondo. La vide alzare ancora per un attimo lo sguardo verso di lui, distrattamente, fissandolo con la vaghezza che si concede a un intoppo già eliminato dal proprio orizzonte. Poi Maxime uscì.

Appena richiusa la porta, si appoggiò alla parete. Respirava affannosamente, iperventilando. Dopo una frazione di secondo scoppiò in un pianto dirotto. Un fiume di lacrime, inarrestabile, senza ritegno.

La macchina da presa lentamente carrellò di un metro avvicinandosi ancora di più a Maxime, indugiando sul primissimo piano del suo volto disperato. Il regista, concentratissimo, seguiva sul monitor lo svolgersi della sottile partitura di emozioni offerta dall'attore, quando sul set si udì un altro pianto, altrettanto disperato, doppiare quello di Maxime. Perplesso, il regista si voltò verso i più vicini collaboratori cercando una spiegazione. Il secondo pianto si era intanto imposto all'ascolto di tutti soppiantando la sommessa drammaticità di quello di Maxime. Era un pianto acuto e sgranato, che dal tentativo di reprimersi traeva un andamento singhiozzante più simile all'effetto sonoro di un elefante raffreddato che a quello di un essere umano straziato dal dolore.

"Stop!" il grido del regista pose fine all'imbarazzo di Maxime, che, incerto sul da farsi, non si era deciso a interrompere la ripresa.

Nel silenzio attonito della stanza, le convulsioni di quel pianto risuonarono ancora più incongrue, ma non fu difficile localizzarne la fonte. Il corpo di Enrico, in preda ai sussulti, era nascosto dietro al carrello del microfonista. Si era appoggiato alla parete anche lui, come Maxime, nel mal riuscito tentativo di contenere gli spasimi che lo assalivano. La troupe al completo osservò per un po' lo strano spettacolo di quell'uomo travolto da un'emozione incontenibile. Poi, improvvisamente, Enrico si staccò dalla parete, con la deliberata intenzione di mostrare ai colleghi il proprio volto devastato dalle lacrime. Danielle fece qualche passo verso di lui, ma Enrico non lasciò che si avvicinasse. Si avviò di corsa verso la porta, la aprì e uscì. Durante il tragitto, gli cadde il fazzoletto zuppo di lacrime. Disorientata, la troupe riprese a lavorare e quel reperto per un po' rimase lì, in bella mostra, reliquia di un dolore destinato a rimanere per gli altri un enigma.

Nessuno osò toccarlo fino a quando le riprese furono terminate. Solo allora Danielle, di nascosto, si piegò e lo raccolse.

31

Era successo tutto in fretta quel pomeriggio, ma senza concitazione, con la beffarda naturalezza che lega due estranei divenuti per necessità complici. In fretta, con l'imperscrutabile fatalità che soffia su due sconosciuti che una circostanza incongrua ha costretto ad accoppiarsi, era avvenuto che nel silenzio di quel pomeriggio incantato, trascorso sulla riva di un mare macchiato di turchese e di viola, in una casa che un tempo era stata nido d'amore, le cose si mettessero in quel modo viziosamente ineludibile e predestinato che appartiene al tempo gratuito delle coppie vere.

Il leggero e piacevole disfacimento della coscienza dopo il vino, la sensualità della luce che filtra capziosa dalla fessura della persiana, la sabbia sparsa un po' dappertutto, lasciata asciugare sulla pelle e sui piedi come accadeva nell'infanzia, la noncuranza e la sorpresa d'inavvertiti sfioramenti, avevano favorito l'attirarsi dell'uno nella sfera dell'altro, sempre più vicini, sempre più eccitati, sino a ritrovarsi lì, sdraiati su quel letto. Lei si era slacciata il vestito, poi il reggiseno. Erano rimasti così, a guardarsi, lui nudo, lei con le sole mutande addosso. Il gioco irresistibile di toccarsi, e, nel toccarsi, l'incrocio affannato degli sguardi rubati, destinati alla scoperta dei dettagli: la nuca, l'incavo della scapola, il neo nascosto all'incrocio dell'inguine, la folta peluria esuberante. Una progressiva perdita di pudore, e l'intimità – questa strana parola eccessivamente gravata di aspettative – che conquista a poco a poco terreno, disegnando dal nulla il suo magico cerchio, senza limiti e cautele.

Anna si rivelò inventiva, e infaticabile. Giovanni, appassionato ed estroso. In entrambi, sottile e fragile, il desiderio di essere desiderati. Il tempo li catturò dolcemente nel suo sortilegio, dove i minuti e le ore svaniscono, e tutto è fermo, sospeso. L'incanto di sentirsi vivi, per un momento sottratti al ricatto della vita che continua a scorrere, fermi in quella bolla da loro, per loro, soffiata al di fuori del tempo. Al riparo. Salvi.

Si addormentarono l'uno nelle braccia dell'altra e, al risveglio, Giovanni ascoltò Anna che nel sonno gli si rivolgeva chiamandolo col nome di Enrico.

Il mare infuriava, ora. Il cielo si era incupito, e di lì a poco iniziò a piovere, uno di quei temporali attraversati da lampi d'inaudita durata alternati a squarci improvvisi di sole, che lasciano stupiti per l'inesauribile tavolozza cromatica. Ernani si alzò e perlustrò la casa, una di quelle case estive dai colori tenui, verde acqua, celeste, turchese pallido, quasi del tutto vuota, con residue tracce di una lontana vita precedente: foglie, conchiglie, retini da pesca, vecchie *espadrillas*, fumetti, qualche libro, un romanzo di Françoise Sagan, uno di Cesare Pavese, un altro di Goffredo Parise. C'erano anche riviste accartocciate dall'umidità e dalla salsedine, vecchi numeri dell'*Espresso* con in copertina reperti di un'altra epoca, faccioni di uomini politici ormai dimenticati, di soubrette fallite, di protagonisti di scandali finanziari, di truffe, di furti, scappati o forse già morti.

Entrò in un'altra stanza che sembrava un tempo essere stata uno studio, un luogo per raccogliersi, per pensare. Sul tavolo c'era una busta vuota e accanto, a rovescio, una fotografia. Si avvicinò, e la prese per guardarla: sullo sfondo del lungomare di Cannes, Ernani ed Enrico, ventenni, sorridevano all'obiettivo, occhieggiando estatici alla ragazza in mezzo a loro, Danielle. Un vacillamento, un tonfo, una leggera ischemia. Non la vedeva da vent'anni, quella foto. L'innocenza del futuro, sublime prerogativa di ogni foto, era perfettamente a fuoco sia nel proprio sguardo che in quello di Enrico. Si mise a sedere, smarrito.

Anna entrò nella stanza con un bicchiere in mano. Si era rimessa le mutande e il reggiseno. Lo guardò, tranquilla, col suo sguardo onesto e profondo.

"L'ho trovata nell'armadio. L'aveva nascosta nella fodera di una giacca."

Lui non si mosse, anche se lei ebbe la vaga sensazione di udire un bisbiglio. Giovanni se ne stava immobile, con la foto in mano, e ogni tanto tornava a darle una fuggevole occhiata.

Lei gli si avvicinò, e lo carezzò con dolcezza sulla testa. Ci fu un boato, seguito da una sequenza di lampi che per qualche istante disegnò una ragnatela giallognola tra le nubi, per poi svanire nel nulla.

"Chi è?"

Non c'era ombra di risentimento nella sua voce, semmai una generica curiosità umana, senza nulla di personale.

Lui non si mosse subito. Rimase nella stessa posizione per un tempo inusuale, eccessivo. Quando alzò la testa, Anna vide che stava piangendo.

"È la donna che lo sta tenendo nascosto."

32

Si era incamminato sul terriccio fangoso di un sentiero appena fuori città, senza la minima idea di dove lo avrebbe portato. Dopo un quarto d'ora di sterpi, erbe e acquitrini, si era imbattuto in una coppia di americani a cavallo, che lo aveva salutato in modo chiassoso, domandandogli se la masseria dei tori era distante. Li aveva guardati facendo finta di non capire e aveva ripreso a camminare.

Trampolieri bianchi, immobili, si contemplavano come Narcisi nelle acque stagnanti. Dopo un'ora era arrivato a un bivio infestato di moscerini e aveva girato a sinistra. Teneva un'andatura sostenuta, inadatta alla calura opprimente. Presto il paesaggio sarebbe mutato, trasfigurato dalla presenza delle canne, fittissime. Aveva imboccato il sentiero del primo giorno, riconoscibile dall'odore di sterco e di sale. In meno di mezz'ora si era trovato davanti alla grande casa col giardino curatissimo. Era fermo a spiare il gioco perfetto dei colori dei fiori, il disegno delle foglie delle piante, quando quella voce lo invitò a entrare.

"Se vuole dare un'occhiata, le apro il cancello."

Era una voce stanca ma fascinosa. L'uomo era apparso da dietro un ciuffo di robinie e lo guardava in controluce. Aveva una camicia di lino bianca, sui pantaloni grigi. L'ovale della testa calva incorniciava due fessure taglienti, animate da un guizzo cattivo. Il vecchio – doveva essere veramente vecchissimo – aprì con gesti lenti il cancello e lo lasciò passare. Per implicito accordo, saltarono entrambi il rituale delle presentazioni, e nessuno dei due dovette rivelare il proprio nome all'altro. Il vecchio si prestò volentieri a rispondere alle sue curiosità sulle varietà dei fiori e delle piante del giardino, circa tremila. Parlava in italiano, lentamente.

"È una sfida al sale, vede, questo terreno è ostile, ai limiti dell'impossibile, ma basta conoscerne le proprietà, e l'handicap a volte può rivelarsi un vantaggio. Sa, faccio tutto da solo, da quando mi sono definitivamente ritirato qui..."

Passarono rapidamente in rassegna il giardino, poi il vecchio gli chiese se poteva offrirgli un bicchiere di vino.

"Io bevo solo bianco, freddo. Se no posso farle un caffè all'italiana. Lei è italiano, no?"

Tre grandi tele di Cy Twombly campeggiavano nell'ampio spazio aperto che fungeva da salone, dove, cosa abbastanza insolita, non c'era traccia di divani o poltrone, solo sedie, un gran numero di sedie disposte a caso contro le pareti.

"Anche questi sono degli stagni, a modo loro," disse il vecchio con la sua voce insinuante parlando dei quadri.

"Mi sono costati un mucchio di quattrini. Un tempo ero molto rapace, se una cosa mi piaceva non c'era modo che non l'avessi. Li ho comprati pensando a questo posto, agli stagni che circondano la casa. Hanno la stessa luce grigia."

Gli porse un bicchiere gelido di un vino aspro, resinato.

"Me lo faccio mandare dai miei amici greci, non faranno buoni vini ma al primo sorso puoi ancora sentire la risata degli dei. E soprattutto non somigliano agli altri, sono tutti uguali, ormai."

Si avviò verso una porta facendogli segno di seguirlo. Il segretario ubbidì e si trovò in un antro labirintico pieno di televisori accesi, in cui lampeggiavano, senza sonoro, immagini provenienti da tutto il mondo.

"Questa è la mia cabina di controllo. La memoria degli altri. Da qui posso tenere d'occhio il livello della catastrofe."

Stagliata contro la superficie dei monitor, la figura del vecchio sembrava emanare i bagliori sinistri di uno stanchissimo Faust. "*La république n'a pas besoin de savants*... lei forse non ricorda questa frase, per me è l'inizio di tutto, l'inizio della fine... Fu pronunciata dall'aguzzino di Lavoisier prima di mandarlo a morte. Da allora il progetto di abbrutimento, di rincoglionimento generale prosegue senza ostacoli."

Il vecchio si era arrampicato su uno sgabello alto e aveva cominciato ad armeggiare con i comandi di quella strana fucina. Dopo una serie di rapide manovre, tutte le immagini si bloccarono, *frizzate*. Lo tsunami giapponese assunse il volto glabro di un vecchio sul cui volto stava scendendo una lacrima siderata; nel Parlamento inglese una deputata si scaccolava con cura la narice sinistra pensando di non essere vista; in Libia il figlio di un beduino vanitoso divenuto dittatore sorrideva verso l'obiettivo, esibendo un ghigno da faina mentre accarezzava una bambina per strada; negli Stati Uniti una bara aperta ospitava il volto di un popolarissimo attore comico che al segretario era sempre sembrato tragico. Fissate in un attimo qualsiasi della vita, quelle immagini assumevano la densità di emblemi.

“Trent’anni fa ero il migliore, non avevo concorrenza. Se qualcuno aspirava a lasciare una traccia di sé nella Storia veniva a cercare me. Ho aiutato gente insospettabile che ha dato al mondo l’illusione di possedere un’intelligenza.”

“Lei era in politica?”

La voce del segretario, cauta e timida, era appena percepibile.

“In un certo senso. Ero un pubblicitario. Aiutavo i politici a comunicare il pensiero di cui erano sprovvisti. Almeno a quell’epoca avevano dei sdubbi, oggi sono tutti ignoranti e arroganti, senza dubbi. Non potrei più sopportarli. Lo sa come lo chiamano? *Dumbing down*... ma significa rincoglionimento. Nient’altro che rincoglionimento.”

Il vecchio fece un’altra manovra e apparve il volto di Ernani, moltiplicato in un centinaio di monitor. Dopo un istante di fruscio, si udì un intervistatore rivolgergli questa domanda:

“Lei rischia di riportare la sinistra al governo in Italia, e di capovolgere i sondaggi delle prossime elezioni. Come vede in prospettiva la realtà dell’Europa politica?”

“Dove la vede lei, la realtà? Io, in giro, non vedo altro che costruzioni, abominevoli costruzioni. Guardi l’immigrazione, il grande tema sulla bocca di tutti, guardi le immagini delle moltitudini disperate, ammucchiate in un piccolo porto in attesa di soccorso, sono immagini che vengono elaborate e ricostruite ad arte, frammenti di un film paranoico montato giorno per giorno. Non c’è alcuna realtà, solo finzioni. Un tempo la barbarie aveva il volto della guerra, dello sfruttamento, della tortura. Oggi vive nella finzione. La barbarie di oggi è fondata su calcolo e profitto. È tecno-economica. L'economia neoliberale non è la realtà, è una finzione. Non è nemmeno una teoria del mercato, è l'idea che non ci sono regole e limiti, un'idea criminale. Se non le si pone un freno saremo presto nell'anticamera della catastrofe. Stare a sinistra vuol dire questo, da sempre. Vigilare sui crimini e sulle sopraffazioni. "

"E cosa dice del disordine del Parlamento italiano?"

"Il Parlamento italiano è abitato da *freaks*, nient'altro che *freaks*. È una riserva di mostri."

"E come pensa di liberarlo?"

"Là dove cresce il pericolo, cresce anche ciò che può salvarci. Come il poeta che ci ha lasciato questa immagine, io credo nella speranza che nasce dai pensieri giusti, dalle parole giuste, dagli atti giusti. Non credo che la mafia mortifera che è al potere possa ancora prevalere sul bene comune. Eros ha sempre la meglio su Thanatos."

Un clic. L'immagine di Ernani, *frizzata*, rimase sospesa nella strana calma sprigionata dai suoi occhi.

"Lei mi ha sorpreso, sembrava finito e invece, come un maratoneta, si è rimesso a correre," disse il vecchio bevendo un lungo sorso. "Evidentemente si è messo in ascolto del suo demone nascosto. Fino a qualche mese fa, quando mi capitava di sentirla parlare vedevo sotto i miei occhi quel fenomeno che noi specialisti definiamo di obsolescenza mediatica. Lei parlava, dicendo delle cose interessanti, problematiche – anche se devo dirle che lei ha sempre avuto un'esagerata tendenza a problematizzare – ma i giornali la trovavano irrimediabilmente grigio, incolore. E sa qual era il suo handicap? L'ostinazione con cui ha continuato a inseguire un filo razionale, una ratio; ecco: lei ha offerto più volte al pubblico l'immagine di un politico inesperto. Intendiamoci, lei non è per niente inesperto, ma io mi riferisco a quell'inesperienza che nella miserabile epoca che ci è toccata in sorte è l'unico retaggio comune, il prezzo da scontare per dirimere la convivenza civile. Consapevole del disastro cui ci stavano portando i suoi colleghi, lei si è rifiutato di inchinarsi alla cosiddetta esperienza, a ciò che oggi prescrive il corso ufficiale della politica, al suo scintillio vacuo. Vede, noi pubblicitari siamo stati gli agenti di un crimine irreversibile: la futilizzazione della politica, la riduzione del suo rango a pura illusione performativa. Abbiamo esonerato voi politici dalla necessità di agire. Nei vostri parlamenti di anime morte, niente di decisivo potrebbe scalfirvi, neppure la catastrofe o il crollo dei mercati. Basti guardare la voluttà con cui continuate a seguire il saliscendi della Borsa, il feticismo con cui vi nutrite dei suoi indici alterni, senza riuscire a incidere sulla sua rotta finale. Lei è uno dei pochi che abbia cercato di praticare una politica anticomunicativa, e così facendo si è sottoposto a un calvario ulteriore: non solo a quello implicito nella sua parabola di potente, anche a quello di chi da potente vuole disfarsi del carisma. Non ricordo chi ha detto che oggi il suicidio è il solo atto politico degno di questo nome... Per inciso, ha visto come ha tentato la carta del perdono il suo esimio collega francese, il sessuomane? Un tempo i potenti perdonavano i loro sudditi, oggi li corteggiano per farsi perdonare i propri misfatti. D'altronde, io ho sempre odiato la pubblicità ironica, giocosa, intelligente, che cerca di dissuadere i suoi consumatori dall'odio verso la pubblicità. È un modo per fotterci due volte, non le pare? Insomma, lei è un malinconico, un depresso. Lo accetti, questa è la sua vera chance, mi creda... Un certo grado di disperazione è l'unico antidoto al rincoglionimento. Da Adriano in poi, i migliori uomini politici sono stati maestri del patire, non tutti con giovamento per la società, beninteso. In Italia avete assistito imbelli alle performance di un illustre Presidente della Repubblica, che ne ha esibito il lato narcisistico e grottesco. Povera Italia, non potrà mai liberarsi del grottesco! Ma si dà il caso che anche la malinconia implichi un'arte, e un rigore.

Mi ascolti, si rassegni, oggi il suo mestiere, la politica, non esiste più, e se le piace ancora la metafora di Kosinski, tenga presente che d'ora in poi, oltre il giardino, possono emergere solo piante nefaste, o piante finte. "

Finito di parlare, il vecchio chiuse gli occhi. Il segretario, inquieto, guardò ancora verso i monitor. Le labbra del fratello, immobili, sembravano accennare un sorriso, come quelle di una maschera orientale. Tornò a guardare il vecchio e lo vide immerso in un sonno profondo.

Si alzò, e uscì dalla stanza. Nel salone si fermò davanti a una delle tele di Twombly. Uno stagno attraversato da iridescenze di materia, fango e sale. Appena fuori, avvertì un odore nauseabondo di stallatico, mischiato al profumo delle rose. S'incamminò sul viale, e si voltò a guardare la facciata della casa, avviluppata da un rampicante fittissimo. Prima di lasciare il giardino, staccò un fiore da una pianta e se lo mise all'occhiello della camicia. Il vecchio gli aveva rivelato che quella pianta fioriva solo una volta ogni trent'anni.

33

Anna si era fatta una doccia lasciandosi scivolare addosso con indolente lentezza l'acqua calda. Poi si era rivestita, ripristinando nell'accuratezza di quel rito le poche certezze che le erano rimaste, per ultimo aveva passato un ritocco di matita sugli occhi. A quel punto aveva chiuso le finestre e lo aveva chiamato, pensando che fosse in terrazza. In effetti, le sue scarpe erano lì ma di Ernani non c'era traccia. Era scesa giù di corsa e aveva guardato in spiaggia. Essendo miope, si era dovuta mettere gli occhiali che di solito evitava di indossare, per scorgere un puntino lontano che stava allontanandosi sulla linea del bagnasciuga. In fretta, aveva richiuso la porta a chiave e si era avviata.

Aveva percorso il litorale a passo d'uomo, col motore al minimo. Finalmente lo aveva visto, una figura elegante, avvolta in un cappotto. Ma Ernani aveva il cappotto? Non lo ricordava. Era scesa dall'auto e di corsa aveva attraversato la spiaggia battuta dal vento, chiamandolo a gran voce: Giovanni, Giovanni! Gli era quasi arrivata addosso quando finalmente il tizio si era voltato: si sarebbe detto un marinaio, più vecchio di Ernani, con la barba e i capelli lunghi, giallastri, raccolti in una coda striminzita. Si era scusata, ma l'uomo, probabilmente ubriaco, l'aveva aggredita con insulti e gesti, e l'aveva rincorsa mentre lei, terrorizzata, scappava. Era riuscita a rifugiarsi in macchina e a mettere in moto. La pioggia fangosa, pesante, aveva cancellato d'incanto il ghigno grottesco del suo inseguitore.

Nel lento e angoscioso fluire del traffico, Anna aveva continuato con lo sguardo a cercare Ernani, e, di tanto in tanto, si era illusa, vittima delle proprie allucinazioni, di ritrovarlo nell'ignoto guidatore di una macchina che la stava per sorpassare, o in un passante che improvvisamente le tagliava la strada.

Aveva vagato nei pressi del porticciolo in preda all'assurdo pensiero che potesse essersi allontanato verso il largo con una barca. Si era fermata alla rivendita di tabacchi sotto casa, scambiando qualche parola col titolare, sperando di sentire che il marito era appena passato da lì. Infine, col batticuore, aveva aperto la porta di casa e lasciato risuonare la propria voce nel corridoio.

A piccoli passi, come una bambina che, giocando a nascondino, non si arrende del tutto all'evidenza che la vuole perdente e sola, era prima entrata nel salone deserto, poi nella sua stanza da letto e, infine, in cucina. Ma non vi era traccia di Ernani. Si era versata un dito di whisky e si era lasciata cadere sul divano, disfatta. In quel momento si era accorta del golf grigio che lui per abitudine usava indossare in casa. Era abbandonato a se stesso, inerte, come gli oggetti che non hanno più un padrone, pura reliquia. Lo aveva preso e lo aveva annusato, senza vergognarsene. Si era così ritrovata a piangere, travolta da un fiume di immagini che ora, a posteriori, le sembravano sigillate nel presagio. Rivide un certo suo modo di sorriderle malinconicamente, di atteggiare lo sguardo a una stanchezza che non aveva a che fare con le fatiche del corpo, un improvviso scarto tra il lampo vivido degli occhi e il suo dileguarsi nei labirinti insondabili dello spirito, nel segreto del proprio mondo interiore. Chiuse gli occhi e in un vorticare di sensazioni contrastanti e penose dubitò di averlo incontrato. Dubitò persino che il marito l'avesse mai abbandonata. Corse nella stanza da letto del professore e vide sul suo comodino un volume della Pléiade con i Pensieri di Pascal. Aprì l'armadio e si trovò davanti una dozzina di scarpe perfettamente tenute. L'incontrovertibilità di quella visione la fece vacillare.

Si sdraiò sul letto, in attesa. Ora era sicura che sarebbe tornato. Si addormentò e sognò di svegliarsi ascoltando il suono del pianoforte, l'*Improvviso* di Schubert. Verso l'una si svegliò, sudata, con la bocca arsa. Ebbe l'impressione di udire un tintinnio di vetri, dei passi che si avvicinavano. Rimase ferma, immobile. Fuori il vento infuriava, agitando i rami degli alberi come braccia. Nulla. Non successe nulla. Nel silenzio terribile si consolò pensando che potesse essersi sentito male, una delle sue crisi improvvise, e che per pudore avesse scelto l'aiuto di uno sconosciuto. Si alzò, e raggiunse il telefono. A memoria, compose il numero di Bottini, e attese. Ormai erano quasi le due e Andrea tardò a rispondere. Quando lo fece aveva la voce impastata, pronta all'ineluttabile.

"Che c'è Anna?"

Lei tentennò prima di rispondere, tanto che lui dovette ripetere: "Anna? Anna, che c'è?"

A quel punto, in un fiato, come se parlasse a se stessa, lei sussurrò: "È sparito. Di nuovo."

Poi riattaccò.

34

La chiave fece un giro a vuoto, e la porta cigolando si aprì. Il segretario la chiamò col suo diminuitivo, Dan, esibendo per lei il fiore che aveva rubato. Ma, al posto dell'amica, nella penombra dell'ingresso, si stagliò la silhouette di un uomo alto e magro. "Ho fatto una sorpresa a Danielle," Mung fece un passo avanti entrando nel raggio di luce, le maniche della camicia rimboccate, gli occhiali scivolati sul naso, l'aria precaria di chi vorrebbe essere considerato sempre e solo un ospite.

Enrico gli porse il fiore: "Benvenuto."

Mung lo portò al volto e lo annusò: "Grazie. Mi fa piacere ritrovarla così in forma. A Parigi aveva un'altra faccia. La Camargue le ha fatto bene."

Gli fece cenno di entrare e insieme si avviarono verso il soggiorno. Mung gli versò un bicchiere di vino rosso e brindarono.

"So che ormai è un membro della troupe a tutti gli effetti. Devo confessarle che sono stato io l'ispiratore di questo singolare ingaggio. "

"Ah, è lei il regista occulto della mia rinascita. Le sono grato, sul set mi trovo molto a mio agio. Ho provato finalmente un senso di appartenenza che non avevo mai vissuto, e il piacere di una confortevole gregarietà."

Mung sorrise, e socchiudendo gli occhi li tenne sospesi, a fessura, per un tempo insolitamente lungo, come se stesse assentandosi da lì. Quando li riaprì avvicinò a sé il computer e invitò il segretario a guardare.

"Questi sono i materiali che ho messo da parte per il mio prossimo film, vorrei raccontare la politica e le passioni irrazionali che vi si nascondono. È stato lei a farmi venire quest'idea. Sì, lei. In quei giorni in cui si è chiuso, come un re nascosto, in una stanza del nostro appartamento a Parigi. Ho già trovato il titolo: *Il trono vuoto.* Dopo la Rivoluzione, un appassionato partigiano della democrazia propose ai suoi concittadini che per la cerimonia del 14 luglio fosse collocato come suo simbolo un trono vuoto, ai cui piedi si sarebbero dovuti sedere il re e il presidente dell'assemblea nazionale. La proposta non fu accettata ma trovo che fosse un'idea geniale, un trono vuoto per omaggiare il popolo sovrano, e, nello stesso tempo, per evocare l'abisso del potere, il suo mistero. Da quel momento, sulla base di questa profezia, per i futuri dirigenti politici, il senso da dare all'esercizio del potere sarebbe divenuto sempre più minaccioso."

Sullo schermo del computer apparve il volto di una donna, con degli occhiali scuri. La donna lasciò oscillare la testa, lentamente, con una posa ieratica e solenne. La macchina da presa indugiò sul suo volto diafano, orientale, accogliendone il mistero, aderendo estatica alla promessa implicita nella sua perfezione.

"Parto sempre da un'immagine concreta, da un essere umano ancora potenziale, ma ho bisogno di vederlo già, non posso limitarmi a scrivere che questa donna ha quarant'anni, è bella, è ricca, ha una pelle madreperlacea. Ho bisogno di starle accanto, e così faccio entrare in gioco un'attrice, e comincio a darle delle istruzioni minime, istruzioni su come immagino che si muova, che rida, che faccia l'amore, che si annoi. È il mio modo di darle vita, a poco a poco."

La donna fece una risata gorgogliante, poi si umettò le labbra con la lingua, una, due volte, come se volesse invitare qualcuno a baciarla. Rise ancora, volgare. Con la suprema volgarità nella quale solo le donne che non sono volgari sanno prodursi.

"Lei ha fatto caso a come le grandi personificazioni del Male siano oggi sostituite da piccoli surrogati, le grandi indecenze della Storia da piccole indecenze, i grandi film da piccoli film, i grandi romanzi da piccoli romanzi? In questo declino, per uno che sa inventare storie solo con le immagini c'è poco altro da fare se non rifugiarsi nel romanzo. Il romanzesco, solo questo ci è concesso. Cercare il punto in cui ciò che potrebbe accadere invade e offusca quello che già è accaduto."

Mung aprì un altro file, e sullo schermo apparve il comizio di un politico coreano. L'uomo in maniche di camicia si rivolse al pubblico accompagnandosi con gesti plateali, da predicatore. C'erano i sottotitoli a tradurre via via le sue parole. Asserì di essere in contatto con Dio, di essere una specie di profeta e di voler trasmettere alla nazione gli ammonimenti di Dio, perché fossero tenuti dalla gente nella giusta considerazione. A un certo punto si fermò mostrando al pubblico le immagini del saccheggio di un supermercato, di una rissa tra teenager in una discoteca. E iniziò a parlare della paura e della punizione che Dio avrebbe inflitto al politico che non se ne fosse occupato. La trasmissione finì lì, ma poi si rivide lo stesso uomo con un tecnico addetto al microfono, e si sentì quello che dicevano tra loro: “Se le bevono sempre queste cazzate, sai, basta metterci un po’ di energia. Basta spaventarli. In fondo, la politica è solo questo, un giusto dosaggio di paura e illusioni, merda rinfrescata all’acqua di colonia.”

Mung chiuse quel file e passò a un altro. Per primo comparve un capannello di telecamere e di cronisti, in attesa all’uscita di un grande albergo, poi arrivò la sagoma immortale di Federico Fellini. Un giornalista gli avvicinò il microfono e il regista con la sua voce setosa iniziò a parlare: “Siamo qui per una questione cruciale, per opporci al crimine perpetrato da un potere che somiglia alla mafia. I nostri film non possono subire le interruzioni della pubblicità. Non possiamo lasciare neanche una striscia della nostra pelle alle forbici di Al Capone.”

La voce del grande regista era molto alterata. L’intervistatore sembrava turbato da quelle parole così dure.

“Qual è la ragione di un così radicale rifiuto di venire a patti con quelle necessità commerciali che dopo tutto contribuiscono a tenere in piedi anche la vostra creatività?”

“Vede, caro, noi potremmo accettare quel patto solo il giorno in cui anche il papa accettasse che la santa messa fosse interrotta dalla pubblicità. In quel caso, ecco, forse potremmo anche accordarci.”

Fellini rimase per un secondo nel mirino della telecamera, poi sparì dentro una Mercedes nera. Dal nero, dopo un istante, apparve il suo volto sofferente e irriconoscibile. Il regista ora giaceva in un letto d’ospedale, circondato da medici. Con voce neutra uno speaker annunziava che il grande regista era entrato in coma. Mung spense, e rimase in attesa.

"Il romanzesco… Fellini… Mi sono perso… mi dia una mano a orientarmi, per favore," la voce del segretario era supplichevole.

"Vede, Fellini è l'artista che con più forza ha cercato di impedire che ci si abituasse all'indecenza. È l'unico che ha capito che la questione delle interruzioni pubblicitarie nascondeva un problema politico di primaria importanza, ciò che poi si sarebbe rivelato in pieno. Quando le televisioni sono andate a spiare la sua morte, il loro vero mandato era quello di annunziare la fine di un mondo e la nascita di un nuovo ciclo. La politica di cui lei si è occupato è nata quel giorno. La politica come invenzione permanente della realtà. Come impostura."

"Lei sta dicendo che quelle televisioni hanno esposto il corpo di Fellini come un trofeo?"

"Esattamente. Fellini era stato il loro avversario più temibile. Nessun altro aveva detto no con la stessa forza. Il paradosso è che Fellini è passato alla storia come prototipo dell'artista solitario, cinico, avulso dalla realtà."

Restarono in silenzio, un silenzio faticoso, scomodo per entrambi. Mung si alzò e iniziò a passeggiare nella stanza come se volesse raccogliere le idee. Il segretario rimase al suo posto, a osservarlo.

"Lei mi fa molta simpatia, Enrico. E mi fa simpatia in quanto testimone non rassegnato del fallimento di un certo modo di intendere la politica che ci riguarda tutti. Il fallimento mi ha sempre interessato più di ogni altra cosa. Vorrei che lo sapesse."

Enrico continuò a seguirlo per un po' nel suo va e vieni circolare. Poi si alzò.

"Chi sarebbe quella donna con gli occhiali che mi ha mostrato prima?"

Lo disse di scatto, con una certa irritazione, come se non avesse fatto altro che pensare a questo.

Mung ricambiò con uno strano sorriso.

"Le giuro che non lo so. So solo che sta aspettando un amico che le ha chiesto aiuto, un uomo che cerca un rifugio per nascondersi."

"Da cosa vuole nascondersi, quest'amico? Questo almeno lo avrà capito, se ha deciso di farci un film."

Mung si versò ancora del vino, poi rispose con calma: "Dal potere. Sta cercando di sfuggire al potere. Il potere è anche impotenza, questo lo aveva già capito De Gaulle. Ma il nostro uomo è ancora indeciso, in parte è tentato di usare la fuga per consolidarlo, in parte per disfarsene del tutto. È in questo stato confusionale quando arriva dalla donna, una donna che ha molto amato. Ed è attraverso la donna che capirà che la vera questione è un'altra."

Il segretario lo guardò stupito, e con una smorfia gli fece cenno di andare avanti.

Mung invece si chinò a guardare l'orologio.

"Come mai Danielle tarda tanto?"

"Credo che stasera finiscano di girare alle dieci."

"Forse è il caso di prepararle qualcosa da mangiare."

Si alzarono e si avviarono verso la cucina. Il segretario guardò dentro il frigorifero: c'erano dei peperoni, dei cetrioli, dei pomodori, delle cipolle.

"Le andrebbe di aiutarmi a preparare un gazpacho?"

Mung annuì. Enrico si mise a tagliare gli ingredienti su una tavoletta di legno. Il regista a tagliare e frullare i pomodori. Quando tutto fu pronto, misero il miscuglio in frigorifero e apparecchiarono la tavola, poi si versarono ancora del vino.

"Mi dica quale rivelazione riceverà il nostro uomo dalla donna che lo nasconde."

Mung fece nuovamente quella strana smorfia con gli occhi, atteggiandoli come se fosse cieco, o se stesse per entrare in trance.

"Ho paura che dicendoglielo la priverei del piacere di scoprirlo."

In quel momento, sulla porta, apparve Danielle. La pioggia improvvisa l'aveva completamente inzuppata. Se ne stava lì, a guardarli, con uno strano broncio. Poi, rivolgendosi a Mung, balbettò sottovoce:

"Lo sai che non mi piacciono le sorprese." E lui ridacchiò.

35

Nella portineria del Centro ricreativo di salute mentale non c'era nessuno. Bottini imboccò il corridoio del reparto oppresso dall'angoscia che da sempre lo attanagliava in posti come quello. Evitò di volgere lo sguardo verso le camerate dei pazienti, ma avvertì i loro occhi che lo seguivano. Arrivato a metà del corridoio, uno dei ricoverati lo chiamò, e lui dovette voltarsi. L'uomo, sdraiato, gli fece cenno con la mano di avvicinarsi. Andrea esitò, ma poi pensò che forse era meglio accontentarlo e lo raggiunse.

Cercò di evitare lo sguardo del giovane paziente che giaceva nel letto di fronte. Ne aveva già sentito il pericoloso mugolio ripetitivo, una sorta di preghiera o di bestemmia, che finiva ogni volta con dei farfugliamenti precipitosi, da cui emergevano come schegge isolate poche parole comprensibili: mamma, cacca, notte. Pauroso, lo spiò, di sbieco, percependone il corpo eccessivamente cinetico e un volto sfuggente, forse deforme. Si accostò al letto del paziente che lo aveva chiamato e lo guardò, in attesa. L'uomo gli mise una mano sulla spalla e si tirò su con forza. Poteva avere all'incirca la sua stessa età, cinquant'anni. Con la mano gli indicò la bottiglia sul comodino. Andrea gliela porse, l'uomo la portò alla bocca con avidità, lasciando che l'acqua lo bagnasse a cascata sulla canottiera e sul pigiama. Poi, gli riconsegnò la bottiglia e lui la rimise a posto, sul comodino. Dopo un istante, l'uomo chiuse gli occhi, e poco dopo, fulminato da un attacco di narcolessia, iniziò a russare. A quel punto, Bottini uscì dalla camerata, e si accorse che in corridoio c'era una suora.

"Cerco il professor Ernani."

La suora lo studiò, guardinga.

"Il professore è stato dimesso da più di un mese, qui lo può trovare solo il giovedì pomeriggio, nel capannone ricreativo."

"Lo so, ma pensavo che stasera fosse tornato. Per un'emergenza."

"No."

L'eccesso di tempestività della suora gli sembrò sospetto. Ebbe il dubbio che potesse mentire.

"Posso dare un'occhiata? Magari è qui e lei non lo sa, sorella."

"Non mi chiami sorella, sono la caposala."

La suora, nervosa, fece squillare il campanello che teneva nascosto in una grande tasca della tonaca. Immediatamente, nel corridoio apparve un uomo alto, con l'attaccatura dei capelli quasi sulle sopracciglia, vestito con una gabbanella verde.

"Accompagna il signore all'uscita, e chiudi a chiave per la notte."

L'uomo lo afferrò energicamente per un braccio, e lo condusse fuori della porta.

La notte era tiepida, invitante. Andrea pensò di fare ancora un giro dell'isolato, cercando di sbirciare dalle finestre. Camminò lungo il piccolo marciapiede, oltre l'aiuola. Girato l'angolo, all'altezza della terza finestra a pianterreno, vide una paziente di spalle. Se ne stava lì, ferma, forse anche lei attratta dall'aria dolce della serata. Andrea si nascose per spiarla. Dopo qualche minuto, la donna si voltò e lui poté riconoscerla: era la donna che aveva visto ballare con Ernani. Stava piangendo, in silenzio. Le lacrime le rigavano il bellissimo volto, senza turbarlo, anzi, conferendogli una calma speciale, assorta. Improvvisamente dall'interno una voce la richiamò e la donna in un soffio sparì alla vista. Lui attese ancora un po', sperando che si riaffacciasse. Ma la finestra rimase vuota.

Lungo la strada, sul lungotevere, Andrea incappò nel solito ingorgo. Lo affrontò senza disagio. Non aveva più alcuna fretta, ora. Non c'era più niente da cui far dipendere il proprio tempo. Aveva comprato il cd della *Winterreise* di Schubert suonata da Julius Drake e cantata da un tenore, Ian Bostridge, che gli aveva consigliato Dall'Ongaro. Lo fece partire tenendo il volume molto alto. Quella voce e quella musica avevano il potere di mettere fuori gioco la realtà. Ed era proprio quello di cui aveva bisogno.

Anna lo accolse in un evidente stato di alterazione alcolica. In bilico tra euforia e depressione. Non l'aveva mai vista in quelle condizioni, neppure nei giorni subito dopo la scomparsa di Enrico. La notizia che Ernani non era ricoverato in ospedale, le diede il colpo di grazia. Continuava a scuotere la testa e ridacchiare, bevendo lunghi sorsi da un bicchiere opaco. All'improvviso Andrea la vide sparire in bagno, e ne approfittò per nascondere la bottiglia di whisky. Quando ritornò sembrava essersi placata, ma il suo sguardo era diverso, più audace, quasi sfrontato. Sornione, Andrea cominciò a interrogarla.

"Forse, è il caso che mi racconti cosa è successo questo pomeriggio, no?"

"Siamo stati al mare, cosa vuoi che sia successo? Niente di particolare."

"Niente di particolare?"

Ripeté la frase scandendone ogni sillaba, ironico.

"Cos'è, un interrogatorio?"

Andrea ne scrutò il volto, con la smorfia ambigua di un agente segreto. Una smorfia in cui però si leggeva un dubbio. Lei se ne accorse.

"Non mi credi?"

Lui non si mosse.

"Non mi credi?"

"Scusa ma sei poco credibile. Non mi hai detto tutto quello che sai."

Lei ridacchiò ancora.

"La sincerità è una virtù socialista."

Andrea la corresse: "Comunista."

"Dove l'hai messa la bottiglia, stronzo?"

"Grazie del complimento. L'ho nascosta."

"Per fare politica bisogna avere un culo di ferro."

"Che cos'è?"

"È la frase preferita del tuo segretario, com'è che non la conosci? Una cazzata così non si dimentica facilmente."

"Non hai niente da dirmi, Anna?"

Uno strano lampo attraversò gli occhi della donna, e Andrea vi riconobbe un senso di plenitudine e, nello stesso tempo, il terrore dell'abbandono.

"Se proprio lo vuoi sapere, sì. Abbiamo scopato. Anzi.

Mi sono innamorata. Del falso segretario. Del fratello di mio marito. Di un pazzo. E ne sono felice. Mi ha ridato la vita."

Andrea la guardò inebetito. Immagini moleste che subito provvide a scacciare invasero il suo circuito mentale.

"E non hai pensato che un fatto del genere potesse sconvolgere un uomo nelle sue condizioni?"

Gli occhi di Anna si velarono di lacrime.

"E a noi, al partito, non ci hai pensato?"

"No. Non me n'è fregato proprio niente del partito. Ho pensato esclusivamente a me, per una volta."

Andrea si alzò in piedi. Con due passi, a rallentatore, raggiunse una consolle su cui era poggiato un vaso di cristallo. Con un gesto netto lo scaraventò per terra, mandandolo in frantumi. Si fece silenzio. Anche fuori, dalla strada, si percepiva un innaturale silenzio. O, almeno, così parve ad Andrea. Lei continuò a fissarlo, il labbro atteggiato a un vago sorriso.

Rimasero in silenzio per un tempo incalcolabile. Poi lui si sedette, le si accostò e l'abbracciò. Lentamente, lei si abbandonò alla stretta. I loro volti in lacrime, guancia contro guancia, sembravano invecchiati di vent'anni.

36

Nello sguardo di Danielle, insieme alla fatica della giornata, si leggeva un rammarico profondo, il dolore per il tradimento subito.

"È un gioco folle quello che stai facendo con tuo fratello. Non pensavo che mi sarei ritrovata in una situazione come questa."

Gli passò il giornale italiano, dove in prima pagina giganteggiava una foto di Ernani, attorniato dalla scorta. Enrico lo guardò appena.

"Io non c'entro. Hanno fatto tutto loro, a Roma. E se vuoi saperlo la cosa non mi dispiace affatto."

Lei chiuse gli occhi. A lungo. Quando li riaprì, Enrico si accorse che erano umidi di pianto.

"Da quanto tempo è che non lo vedi?"

La voce di lei era rauca, incrinata dall'emozione.

"Vent'anni. E tu?"

"Non ci siamo più visti da allora."

"Da Cannes?"

C'era un che d'incredulo nel tono di Enrico.

"Sì, da Cannes."

Nel silenzio, le scese una lacrima. Lui l'asciugò, con la mano.

"Ma se ne eri così innamorata..."

Danielle annuì.
"Lo ero, sì. "
Lui si alzò in piedi. Vide Mung dare una lunga boccata a una canna, nello spiazzo davanti alla casa.
"Helen mi ha fatto vedere la foto che conservi di te e lui a Cannes, dopo che me ne andai. Credeva che fossi io quello nella fotografia."
Lei alzò lo sguardo: era invaso dalle lacrime. Lui subito lo distolse. Ora Mung li stava osservando.
"Non lo hai dimenticato." Lo disse con un evidente senso di frustrazione e subito se ne pentì.
"Io non dimentico nessuno. Mi porto dietro tutti quelli che ho amato. Neanche te ho dimenticato, altrimenti non saresti qui, con me..."
Mung aprì di scatto la porta. Guardò Enrico un po' troppo a lungo.
"Ho fame."
Danielle si alzò. "Anch'io, che c'è di buono?"
"Carbone," rispose Mung e sorrise come un bambino.
"Carbone," ripetè Enrico, anche lui sorridendo, ma mestamente.
Si sedettero a tavola e Mung servì a tutti e tre il gazpacho. Durante il pranzo Danielle diede istruzioni a Enrico per le riprese del giorno successivo. Il regista aveva deciso che nella scena dell'omicidio, dopo l'impatto sul pavimento, il violino di Maxime avesse tre corde spezzate.
"Non mi avevi detto che nel film c'era un omicidio," la interruppe Mung.
"Infatti non è un vero omicidio, ma la polizia crede che lo sia, e tra noi convenzionalmente lo chiamiamo così," spiegò Danielle, infastidita.

"Allora cosa succede, realmente?" Mung sembrava avere tutte le intenzioni di provocarla

"Un incidente, ma ti ho già detto troppo, il regista non vuole che si venga a sapere il finale."

Mung aspettò una frazione di secondo, poi aggiunse: "Si vede che è un regista che sa il fatto suo."

Smisero di parlare, i loro sguardi, uno alla volta, si incrociarono, e tutti e tre, simultaneamente, scoppiarono in una risata.

In quell'istante squillò il telefono e Mung si allontanò per rispondere. Enrico e Danielle continuarono a mangiare, in silenzio. Nessuno dei due volle approfittare dell'occasione per frugare nello sguardo dell'altro. Poco dopo Mung tornò e disse: "È Helen, vuole parlarti."

Danielle fece per alzarsi. Nel suo viso c'era un velo di perplessità.

"Che è successo? L'ho appena sentita."

"Non vuole te. È con Enrico che vuole parlare."

Mung seppe dissimulare nella cadenza cerimoniale della voce ogni possibile curiosità.

Enrico si alzò e raggiunse la stanza dove si trovava il telefono. Indugiò un po' prima di sollevare la cornetta, e si rammaricò di riconoscere in quella cautela il rinnovarsi di una nevrosi, un tic che ripeteva ogni volta che da segretario del partito gli capitava di dover trattare con la controparte una questione cruciale al telefono. Ebbe appena il tempo di pensare che era stufo delle azioni coattive che l'esperienza aveva lasciato sulla sua indole, e che d'ora in poi avrebbe cercato d'interrompere la catena vischiosa delle abitudini e delle ripetizioni, quando la voce della bambina lo raggiunse, limpida, netta, talmente vicina da sembrare irreale.

"Ciao, Enrico."
Gli sembrò più adulta, ma pensò che forse era un effetto del telefono.
"Ciao, come stai?"
"Io bene, tu? Sei ancora triste?
"No, adesso va meglio."
Enrico si era subito accomodato nel solco protettivo tracciato dalla bambina, tanto da sentirne già il conforto. Nel silenzio, gli sembrò persino di poterne avvertire il respiro.
"Ti ho pensato, sai?"
"Sì?"
"La maestra ci ha raccontato dell'esilio di Napoleone a Sant'Elena. Ci ha detto di Betsy, la bambina con cui gli piaceva giocare. Ho pensato a te. E a me... Anche il tuo è un esilio... no?"
Enrico non rispose, in silenzio cercò di raccogliere la sensazione che lo stava investendo, un tepore nuovo, mai provato sino a quel momento.
"Ti diverti?"
"Sì, ma purtroppo tra qualche giorno dovrò tornare a casa. Ti volevo salutare perché penso che non ti troverò, no?"
"Non lo so."
"Non credi che sia arrivato il momento?"
Enrico ebbe voglia di rifugiarsi in un'altra delle sue esitazioni, ma si forzò di essere sollecito.
"Credo di sì."
"Bene. Ora devo andare a dormire. Ti mando un bacione."
"Un bacione anche a te, buonanotte."
Riattaccò e frastornato si diresse verso la stanza da

pranzo. Al passaggio si scrutò in uno specchio e trovò il proprio volto insolitamente luminoso.

Danielle lo accolse scusandosi per la stanchezza e si ritirò subito a dormire. Mung si attardò ancora con Enrico, e lo aiutò a sparecchiare la tavola. Sgombrarono e pulirono di buona lena, con allegria. Poi il regista, sornione, annunziò che avrebbe raggiunto Danielle, ma prima di congedarsi, a sorpresa, tirò fuori una canna e la offrì al segretario.

"Scommetto che un moralista come lei non l'ha mai provata."

"Ha vinto la scommessa."

"Gliela lascio, potrebbe essere la serata giusta."

Rimasto solo, il segretario spense le luci e si sedette sul divano. Restò un po' così, inerte, lasciandosi ricatturare dal gioco di associazioni propostogli da Mung e da Helen: Fellini, il politico coreano, la donna con gli occhiali scuri e la pelle di madreperla, Betsy e Napoleone. Dopo qualche minuto, dalla stanza di Danielle e Mung cominciarono a sentirsi dei gemiti amorosi, sempre più insistiti, sempre più nitidi. Enrico si mise la mano in tasca e ne estrasse la canna. La tenne tra le mani, incerto. Poi la portò alle labbra e l'accese, aspirando piano. Dopo qualche boccata, si alzò e prese un foglio di carta. Cominciò a scrivere:

Cara Danielle,

ho sempre pensato al tuo mestiere come a un incarico di ordine superiore. Ti è stata affidata la delicatissima missione di proteggere il filo prezioso e tenue che tiene insieme l'ordine cronologico degli accadimenti, vigilando che l'insensatezza umana, o l'approssimazione, non lo spezzi, non lo aggrovigli.

Tu sai meglio di ogni altro quanto sia precario il principio di continuità che lega gli eventi in una successione credibile. Basta un niente a rendere inverosimile l'apparenza del mondo. Basta un piccolo errore a far sì che risulti incongrua o gratuita l'uscita di un personaggio dal fotogramma, la sua riapparizione in un altro.

Si fermò. Solo in quel momento si accorse che gli girava la testa. Si distese, chiuse gli occhi. Era a un bivio, lasciarsi andare o resistere. Respirò profondamente e decise di lasciarsi risucchiare dal vortice. Ebbe appena il tempo di pensare che quel Mung la sapeva lunga, e sentì una forza implacabile attirarlo verso il precipizio. Stava cadendo, e la sensazione di malessere che stava provando era la vertigine del vuoto.

37

Bottini aveva vagato senza meta per più di un'ora, per poi approdare, come il naufrago che ha definitivamente smarrito la rotta, a un dedalo di strade e di case che nella fioca luce notturna gli parvero assumere la consistenza allucinata e sinistra di un luogo morto, di un sepolcro.

Solo dopo essere sfilato davanti a quel campo di calcetto illuminato da una luce filamentosa e giallastra, capì di essere finito nel quartiere dove abitava Ernani. Raggiunse il caseggiato e si accorse di una coppia che pomiciava in un angolo del piazzale. Aspettò che i due si fossero staccati e che, dopo i saluti, lui si allontanasse. A quel punto, vide lei avvicinarsi al portone e infilare la chiave nella toppa. Per un soffio riuscì a entrare prima che le si richiudesse dietro. Salì le scale fino a raggiungere il pianerottolo. Per terra, davanti alla porta, c'era un mucchio di posta. Lo raccolse. Erano prevalentemente bollette ma c'erano anche due plichi, uno dei quali con un'intestazione: *Revue européenne* de philosophie. Suonò il campanello e attese, ma non ci fu risposta.

Appena rientrato in macchina, ricevette una telefonata. Controllò chi fosse, poi rispose. La voce della Pilenghi era squillante, eccessivamente tonica.

"Hai visto i sondaggi?"

"No. Non sono ancora rientrato a casa."

"Non sai nulla, dunque. Siamo stravincendo! Lo sta letteralmente facendo a pezzi! Siamo al 65%! Voglio vedere le facce dei direttori dei telegiornali domani. Ma lui dov'è? Maletti lo sta cercando... Allora? Ma che hai? Hai una voce strana...."

"Non ho niente. Lo sai com'è lui: è già a letto. Glielo dirò domattina. Comunque sono contento. Ti ringrazio per la bella notizia."

Riattaccò, catatonico. Nel buio, il paesaggio desolato che gli si stendeva davanti sembrò animarsi. Ombre lunghe e minacciose gli venivano incontro. Per sfuggirle provò a chiudere gli occhi.

La stazione di Aigues-Mortes era deserta a quell'ora. Il treno era già al binario. Enrico cercò lo scompartimento segnato sul suo biglietto e lo trovò in fondo al treno. C'era solo una signora anziana, seduta al posto accanto al finestrino. Si salutarono con un cenno del capo.

Oliveri appoggiò la testa e cercò di dormire, quella notte non era riuscito a chiudere occhio. Dopo un po', per tre volte, risuonò il fischio del capostazione, e nel giro di pochi istanti il treno si mise in moto. Dal finestrino iniziarono a sfilare ipnotici gli sconfinati acquitrini e la geometrica scansione a rettangoli delle vasche delle saline, con i loro imprevisti ghirigori di luce. La signora, che fin lì era rimasta intenta alla lettura di un libro, si voltò a guardarlo con insistenza. Il segretario avvertì quell'attenzione indiscreta e si girò a sua volta. I loro sguardi si incrociarono, senza cautele. La signora fece uno strano movimento col capo, chinandolo da una parte, come se così potesse meglio mettere a fuoco il dilemma che le ronzava nella testa. D'improvviso, si decise a parlare: "Ma lei non è...?"

La donna esitò ancora un istante, come se volesse continuare ma poi, imbarazzata, distolse lo sguardo, rituffandosi nel libro. Il segretario sorrise e poi si rimise a dormire.

Bottini aveva sognato di essere stato convocato nel corso della notte da Furlan, e di avere ricevuto da lui la rivelazione del nascondiglio del segretario. Nel sogno era lo stesso Enrico ad aver lasciato un messaggio sulla segreteria telefonica del vecchio amico e compagno.

"Sono a Roma, in un appartamento vicino alla stazione. Furlan, tu conosci il senso e l'opportunità di chi opera in regime di clandestinità, perche ci sei passato. Il mio destino è di essere un clandestino tra gli amici, non tra i nemici. Quando vi accorgerete dell'errore che state commettendo sarà troppo tardi."

Nel sogno Furlan sembrava molto turbato dal messaggio: ammetteva di averlo mollato, e di sentirsi, ora, in colpa. Bottini, con ritmo ossessivo, continuava invece a chiedergli: "Ma come, a Roma? Com'è possibile che se ne stia nascosto in un appartamento vicino alla stazione? A fare che? E soprattutto, perché lasciarci così, senza guida?"

La risposta di Furlan era stata quella strana frase sibillina: "Si è trattato solo di un crimine emotivo. Ma sono i peggiori, mio caro Andrea. I peggiori."

I colpi sul vetro divennero frenetici, la mano continuò a battere sino a che Bottini non si districò dal groviglio in cui si era addormentato, ritrovando la posizione eretta.

Un uomo in tuta lo stava osservando al di là del finestrino. Stentò un po' a orientarsi e a capire dov'era.

D'improvviso l'uomo si appiccicò al vetro, e disse una frase incomprensibile. Andrea abbassò il finestrino.

"Ahò! E che cazzo! Ndo' stai con la capoccia? M'hai fatto prenne' na paura! Me parevi tale e quale 'n morto."

L'uomo continuò a guardarlo ancora un po' con un'espressione risentita, poi saltò sulla bicicletta e si allontanò pedalando.

38

Danielle si era svegliata nel cuore della notte per andare a bere un bicchiere d'acqua. Si era alzata guidata da quel vago sonnambulismo per il quale ogni gesto, ogni passo, sospeso nei tratti incerti dell'oscurità, sembra protetto dai privilegi del sogno. Tornando dalla cucina, si era accorta che la stanza del segretario era spalancata ed era voluta entrare a vedere.

Il letto era disfatto ma vuoto. Non c'erano più la sua valigia e i suoi indumenti. Il segretario se n'era andato, e aveva lasciato per lei una lettera, sul comodino. Sulla busta c'era scritto: "Da leggere tra una settimana". Lei l'aveva presa con la certezza che non avrebbe mai più rivisto Enrico.

Quando l'aveva incontrato a vent'anni era rimasta affascinata dalla sua intelligenza fuori dal comune. Non era abituata a fare i conti con quel tipo di intelligenza: sino a quel momento la sua educazione sentimentale e sessuale era stata rivolta alla scoperta delle emozioni e all'oscuro richiamo dei sensi. Danielle aveva una vocazione per il sesso, era la sua speciale forma di comprensione del mondo, e lo aveva capito precocemente. Gli uomini con cui aveva intrecciato un flirt condividevano quella stessa dedizione esclusiva, basata sull'alfabeto del piacere, sul contatto silenzioso ed empatico, piuttosto che sulla parola e sullo scambio intellettuale.

Il silenzio era il campo delle lunghe perlustrazioni tattili, delle fantasticherie e degli sguardi sospesi, sensualmente in bilico sul baratro dell'eros. Enrico, invece, di tutt'altra pasta, era già allora un intellettuale.

Si erano incontrati tramite un amico, a una proiezione d'essai della *Mia notte con Maud* di Rohmer. Enrico era un militante comunista, e mangiava pane, cinema e letteratura. Quel film era il blasone di una sensibilità alquanto particolare. Lui lo aveva già visto tre volte e ne conosceva le battute a memoria. Nella sala c'era uno sparuto drappello di catecumeni e si respirava qualcosa di sacrale.

Del film le era piaciuto il bianco e nero magistrale, e la figura della donna interpretata da Françoise Fabian, un po' meno quella del personaggio interpretato da Jean Louis Trintignant. Ne avevano discusso all'uscita, quando Enrico l'aveva invitata a mangiare qualcosa insieme. Con stupore, aveva appreso che lui si identificava totalmente con il personaggio dell'ingegnere cattolico, in bilico tra la Grazia e il Caso. Ma Enrico aveva anche il vezzo di presentarsi attraverso una battuta di Vidal, che nel film era l'antagonista dell'ingegnere. La battuta era quella in cui da marxista spiega che per un comunista il discorso di Pascal sulla scommessa è estremamente attuale. Danielle ricordava ancora il modo in cui lui gliel'aveva recitata, quella stessa sera.

"In fondo dubito profondamente che la storia abbia un senso. Eppure scommetto sul senso della storia, e perciò vengo a trovarmi nella situazione descritta da Pascal. Ipotesi A: la vita sociale, e qualsiasi specie di azione politica, sono totalmente prive di senso. Ipotesi B: la storia ha un senso. Devo scegliere l'ipotesi B, perché è la sola che giustifichi il mio esistere e il mio operato. È quel che si chiama speranza matematica, ovvero il prodotto del guadagno moltiplicato per le probabilità."

Dopo la cena Enrico l'aveva invitata a salire a casa sua e si erano baciati. Le era piaciuto il suo modo di baciare, che sembrava dissociasse il corpo dalla testa. L'attraeva quella sconnessione, ma soprattutto le piaceva il suo strabismo, il fatto che ci fosse sempre una leggera sfasatura cerebrale tra quello che faceva e quello che pensava. Avevano parlato ancora di cinema, e di libri. Lui le aveva suggerito di leggere *La principessa di Clèves* e un racconto breve di Hemingway, *Un posto illuminato bene*. Lei aveva diligentemente preso nota in un taccuino.

Più tardi erano passati in camera da letto e a lei era sembrato naturale proporgli di fare l'amore. Si erano spogliati, ma lui le aveva rivelato di essere vergine e di avere scelto di perseguire una certa idea di castità sino a quando non avesse trovato la donna della sua vita.

"Potresti anche essere tu," le aveva sussurrato.

Come se volessero perpetuare l'atmosfera del film di Rohmer, lei aveva trascorso il resto della notte a tentarlo, e insieme avevano intessuto per ore una trama perversa, tenuta sul filo dell'eccitazione e della rinuncia, portandosi sino al limite senza mai valicarlo. L'incandescenza ossessiva e trattenuta di quella situazione senza sbocco li aveva estenuati fino al sonno. Nella deriva notturna, nel regime imprevedibile dei loro corpi abbandonati, era poi accaduto quello che sino a quel momento era stato negato. Avevano fatto l'amore, appassionatamente. Lei aveva assunto il ruolo iniziatico che le spettava, lui si era lasciato guidare.

All'alba lei si era alzata, senza svegliarlo. Si era rivestita, e aveva scritto per lui un biglietto.

"Questo è il numero di telefono della donna della tua vita." Aveva quindi abbandonato la casa e disceso le scale, veloce. Il portone era ancora chiuso. Lo aveva fatto scattare e, aprendolo, si era trovata davanti un uomo identico a quello che aveva appena lasciato a letto. L'uomo l'aveva guardata, svogliato, poi si era scostato per consentirle di uscire.

Qualche ora dopo, il telefono di Danielle aveva squillato e la voce di Enrico le aveva proposto di partire insieme per Cannes.

"Mio fratello sarà ospite di un'amica, in una enorme casa. Se ti va, c'è posto anche per noi."

Lei era rimasta per alcuni istanti in silenzio, poi aveva risposto: "Mi va."

39

Nelle ultime ore un oscuro rimorso dilaniava l'animo confuso di Andrea Bottini: il senso di colpa per aver occultato a Ernani e ad Anna la parte più significativa degli appunti del segretario. Quando li aveva trovati in quel cassetto, e ne aveva letto il primo capoverso, aveva subito capito di essere entrato in possesso di un formidabile atto di accusa indirizzato al programma esistenziale implicito nella vita di ogni uomo politico, piccolo o grande che fosse.

Chi decida di intraprendere la carriera del politico, abboccando all'amo di una sua presunta plausibilità professionale – come se la politica fosse una professione tra le altre e non una forma di vita –, sappia che sta consegnandosi al fallimento. È il fallimento riservato a chi ammette come unico metro della propria esistenza il potere e la sua malia.

La peculiarità italiana è racchiusa nella coerente negazione di una qualsiasi forma di virtù pubblica nell'esercizio della politica. Negandosi ogni parvenza di pubblica utilità, la politica in Italia è solo parodia del potere, oscura catena di complicità, cosca.

D'altronde, nel corso della mia carriera politica non ho mai incontrato un collega provvisto di un qualche talen-

to. Nessuno di noi avrebbe potuto fare altro che il politico perché nessuno di noi avrebbe potuto corrispondere a un talento. Siamo entrati nelle stanze del potere da quella zona grigia dove può accadere tutto e il suo contrario.

Il carattere perverso di chi sceglie di fare il politico è nella indistinzione caratteriale che lo qualifica. Lo psicoanalista che segretamente ho frequentato in tutti questi anni continuava a ripetermi che con la politica avrei cercato di colmare una sostanziale estraneità alla vita. Può darsi. In ogni caso, ora posso dire che nel corso del tempo quell'estraneità si è acuita. Anzi, oggi mi sembra giusto rivendicare lo spaesamento come unica posizione morale per abitare la politica.

Una delle emozioni più grandi che ho provato da quando sono entrato in politica è quella che mi è capitata durante un dibattito organizzato nel teatro di una cittadina del Nord. Tra i relatori c'era anche Secchi, non lo vedevo da molto tempo. Lo trovai invecchiato ma straordinariamente vitale. Quella vitalità particolare delle persone appartate, dal cui volto puoi intuire che restano molte ore al giorno in totale solitudine. Si parlava di un tema generico come la cultura, c'erano scrittori, registi, la solita gente che blandisce o fustiga i politici a seconda delle convenienze. A un certo punto il moderatore diede la parola a Secchi e lui rimase in silenzio, così a lungo che ci fu un applauso per incoraggiarlo a parlare. Lui cominciò a dire frasi smozzicate, confuse; le uniche cose intelligibili, le ricordo ancora perfettamente, furono "quando vengono a mancare le parole", "inadeguatezza a corrispondere con le parole ai pensieri profondi", "la voglia di tacere per sempre". Poi andò via. Io lo inseguii tra lo sconcerto degli altri relatori, mentre il moderatore si scusava col pubblico per l'incidente. Secchi si era incamminato lungo i portici, lentamente. Lo raggiunsi e, quando lo presi per il braccio, lui mi guardò. Sembrava tranquillo, genuinamente tranquillo. Gli dissi: "Mi dispiace." Lui sorrise e mi rispose: "Da quando sono fuori dai giochi, e quindi libero di dire quello che voglio, parlo male, m'inceppo. Prima mi consideravano un grande oratore. Ora le parole mi si rompono dentro..." Mi strinse la mano e andò via. Quando tornai a Roma, feci una ricerca negli archivi della televisione pubblica per trovare un dibattito politico in cui ci fosse Secchi. Ne trovai un paio. In effetti, era sorprendentemente abile. Direi che era imbattibile. Un oratore sofisticato, e all'occorrenza in grado di mostrare i muscoli. Ma per me era molto più interessante nella sua afasia di quanto lo fosse nella baldanza dei suoi anni migliori. Oggi mi chiedo perché la gente non diffidi di chi sa parlare bene in pubblico. Degli oratori affascinanti. Degli oratori travolgenti. Quelli che in ogni circostanza praticano l'illusionismo più efferato, illudendo la gente di poter contenere con le parole il caos e il dolore del mondo, di saper gestire l'impossibile. E mi sono tornate in mente le parole di Pasolini e Sciascia su Moro, sul pregiudizio che lo inchiodava al suo sguardo malinconico facendone l'emblema del pessimismo meridionale. Moro capostipite della meridionalizzazione della politica italiana. Cos'è il pessimismo meridionale se non il riconoscere alla morte un prestigio, credere cioè che tutte le illusioni che muovono il mondo siano destinate a morire? si chiedeva Sciascia. E la risposta era che per Moro, uno dei peggiori oratori della storia politica italiana, la questione non era così semplice. Per lui le illusioni non correvano verso la morte. Semplicemente, Moro le aveva troppo amate e maltrattate per non diffidare di chi con ec-

cessivo virtuosismo sapeva usarne il richiamo. Oggi, a più di trent'anni dalla sua fine, il margine tra le illusioni e la morte si è assottigliato ancora di più. Noi uomini politici di un'epoca post-politica siamo solo capaci di amministrare l'esiguità di un margine talmente stretto da somigliare al nulla. Adeguandosi a questo nulla, la sinistra ha perso la propria anima e ha consegnato il nostro paese alla morte. La nostra politica coincide con la necrologia delle illusioni che muovono il mondo.

Andrea entrò nella sede del partito con la sensazione di commettere un oltraggio. Senza accendere la luce percorse il lungo corridoio sino alla propria stanza e si sedette davanti al computer. I sondaggi annunziati dalla Pilenghi erano addirittura cresciuti di un punto, stabilizzandosi al 66%. Le agenzie vicine al partito battevano la notizia con commenti trionfali: *ecco la grande svolta, è finita la lunga notte italiana*. C'erano ovunque immagini di Ernani-alias-Enrico-Oliveri con didascalie roboanti, l'uomo che è riuscito a cambiare gli italiani, il politico che ha riacceso la speranza. Andrea si prese la testa tra le mani, con la tremenda certezza di essere ormai arrivato alla resa dei conti. Nel buio – l'unica fonte di luce era il baluginio del computer – riconobbe, dapprima lontana poi più vicina, la melodia di un pezzo rock che conosceva bene, trasmesso chissà da chi, in un appartamento lì intorno. Dopo qualche istante la melodia divenne talmente nitida che Andrea ebbe il sospetto potesse provenire dalla stessa sede del partito. Si alzò e si affacciò sul corridoio. In fondo, nella stanza adibita ad archivio, c'era una luce accesa. La musica veniva da lì, e ora poteva riconoscerla, era *The Dark Side of the Moon*. Lentamente si avvicinò alla porta socchiusa.

"C'è qualcuno?"

"Sei tu, Andrea?"

La voce all'interno sembrava quella del segretario.

Bottini esitò, poi la aprì. Lui era seduto di spalle, controluce. La stanza era appena rischiarata dalla debole luce filtrata dalle veneziane. Bottini fece un passo avanti, cauto, e gli si rivolse aggressivo.

"Ti ho cercato tutta la notte, Anna era preoccupata. Dov'eri finito?"

Il segretario ruotò sulla sedia girevole e mostrò il proprio volto. Per un po' nessuno dei due ebbe voglia di parlare. Si fronteggiarono così, in silenzio, guardandosi negli occhi. A Bottini per un attimo sembrò di vedere davanti a sé, uno accanto all'altro, i due gemelli. Sulle labbra di entrambi un identico sorriso pareva irridere alla sua ansia di chiarezza. Inquieto, Andrea cercò di scacciare l'inganno di quell'immagine importuna, ma il segretario avvertì il suo turbamento.

"Che c'è, perché mi guardi così?" lo disse con voce calma, autorevole.

Bottini, smarrito, cercò di svicolare.

"Hai visto i sondaggi? A quanto pare, matematicamente parlando, la vittoria è già nostra." Non c'era molta convinzione nel tono, solo una certa enfasi.

"Pascal, da matematico, scommetteva sull'esistenza di Dio col calcolo delle probabilità. Noi politici scommettiamo sul senso della Storia, tu invece hai preferito scommettere su un pazzo," il segretario fece un gesto con la mano indicando se stesso. Si fermò un istante, scrutando il volto disorientato di Bottini, poi riprese. "Forse è la prova che non credete più a nulla, non ti pare?"

Bottini accennò uno strano sorriso, sghembo.

"Se lo dici tu... che fai il filosofo..." non concluse la frase e si avviò. "Vado a darmi una lavata a casa, ci aspetta una giornata molto lunga."

Il segretario annuì. Bottini, uscito dalla stanza si fermò a osservarlo dallo spiraglio della porta. Dapprima indugiò sulle scarpe, non ricordava di avere mai visto indosso a Ernani un paio come quello che aveva ora ai piedi. Poi si soffermò sul taglio del vestito, insolitamente curato, e alla moda. Solo allora si accorse che la sua attenzione era ricambiata. Il segretario lo stava fissando. I loro sguardi si sfiorarono lungo la fessura, poi fu Andrea a cedere e a muoversi.

Sul piazzale, Bottini si accese una sigaretta, la prima da un mese, da quando cioè aveva deciso di smettere. Ne assaporò con rabbia il sapore e in quel momento notò la Mercedes nera parcheggiata lì di fianco. Dentro c'era un uomo calvo che dormiva. Ebbe la sensazione di conoscerlo ma non ricordava in che occasione poteva averlo visto. Gli passò accanto per osservarne meglio il volto, ma quando gli fu vicino l'uomo alzò lo sguardo e gli fece un rapido cenno di saluto. In quel momento, lo riconobbe. Era Lucio, un autista di cui di tanto in tanto il partito si serviva per incarichi speciali, di particolare delicatezza. Ricambiò il saluto e accelerò il passo. Ma, raggiunta la sua auto, ebbe un dubbio atroce e fece dietrofront. Bussò al finestrino della Mercedes, deciso. Lucio fece scivolare il vetro e rimase a guardarlo, vigile.

"Lucio, sa che non l'avevo riconosciuta... come sta? È un bel po' che non ci si vede..." si era imposto un tono bonario, del tutto artefatto.

L'uomo ammiccò, ma non disse una parola, gli tese la mano e Andrea gliela strinse.

"È proprio vero che nel nostro lavoro non ci sono orari, eh? È qui per noi?" gli pose la domanda con una certa cautela, sondandone le reazioni sul volto glabro. Ma Lucio non si mosse, continuò a guardarlo freddo.

"No, sto aspettando un diplomatico americano. Lo devo accompagnare a Firenze."

Bottini assentì col capo e lo salutò.

"A presto allora, e buon viaggio."

L'uomo rialzò il vetro, Bottini per un istante restò a contemplare la propria smorfia incredula nel riflesso, poi si allontanò. Dopo qualche passo ebbe la sensazione che la piazza risuonasse delle note della Winterreise di Schubert. Di scatto, si voltò verso la sede ed ebbe la percezione che la musica, d'improvviso, cessasse. Forse, era solo stanchezza, pensò, e affrettò il passo.

40

Fin dalle prime ore del pomeriggio, mentre la televisione diffondeva i sondaggi e i dati parziali provenienti dal ministero degli Interni, la sede del partito accoglieva alcune personalità del mondo della cultura, desiderose di seguire insieme ai militanti e ai vertici della direzione l'esito prevedibilmente trionfale dello spoglio.

Il primo fu il regista Lai, che arrivò verso le tre e si sedette nell'ingresso, devotamente omaggiato da chi aveva riconosciuto nei suoi tratti di sedata eleganza il valoroso autore d'indimenticati capolavori. A seguire, s'intrattennero lì per diverse ore lo scrittore Debbi e l'architetto Pes, entrambi con il petulante seguito delle mogli. Solo a tarda sera, quando i risultati apparvero certi, si manifestò Aranzi. Questi eccitò i giornalisti che presidiavano la sede, rilasciando alle telecamere delle dichiarazioni suggestive, e, secondo il suo stile, suscettibili di molteplici interpretazioni.

"Sono qui non perché interessato alla trascurabile politica di questa nazione, ma perché c'è finalmente l'opportunità che a guidarla sia un uomo di pensiero, un umanista che conosce il peso della parola. Oliveri rappresenta il solo antidoto possibile alla malinconia mortifera del nostro paese. Questa malinconia è l'emanazione politica di un oltraggio morale prolungato oltre misura, il punto di confluenza della miseria pubblica e del malessere privato. Una malinconia civile, leopardiana, la definirei, sospesa in questo paesaggio di rovine e di morte che è l'Italia di oggi, viziosamente macerata in plaghe stagnanti, senza ricambi o ipotetiche redenzioni. L'attuale Presidente del Consiglio ha la responsabilità di avere trascinato il nostro paese in una catastrofe estetica senza precedenti. I becchini che lo attorniano servili, i killer lobotomizzati che hanno eseguito l'ordine di assassinare la bellezza di questa grande nazione europea, ne dovranno rendere conto a lungo, anche dopo la sua prevedibile fuga."

Appena smise di parlare, Aranzi venne accompagnato in una stanza insieme a Lai. Dopo un po' furono raggiunti da Bruni e dalla Pilenghi, che vollero esprimere loro un caloroso ringraziamento per il sostegno ricevuto.

Più tardi arrivò anche Furlan, in sedia a rotelle, sospinto da un nipote. Un giornalista del settimanale *L'Evénement* lo bloccò all'ingresso e gli chiese di fornire al pubblico francese un ritratto del suo pupillo, il segretario del partito. Furlan si limitò a dire poche parole.

"È un uomo sorprendente, e segreto. Direi che per essere un uomo pubblico ha saputo miracolosamente preservare intatto il proprio mistero."

Sorrise e si dileguò nella stanza della direzione.

L'eccitazione che si respirava nella sede era tangibile anche fuori, ovunque, al Sud come al Nord, nei piccoli centri come nelle grandi città. L'Italia sembrava essersi improvvisamente risvegliata con l'ansia di salvarsi, e nella giornata decisiva non nascondeva la voglia di godersi lo spettacolo.

A Roma era stato allestito un palco in Piazza del Popolo, e già nelle prime ore del pomeriggio si era formata una certa folla di giovani impazienti di festeggiare. A Palermo, un gruppo di studenti e di cittadini aveva improvvisato un corteo per le strade del Cassero, trascinando una bara. E un attore travestito da sacerdote (ma un cronista avrebbe poi dimostrato che era un vero parroco) ne aveva recitato l'omelia funebre, parlando al corteo da un pulpito allestito nella suggestiva scenografia dei Quattro Canti. Gli stralci del discorso diffusi dalle televisioni provocarono furiose polemiche, in seguito alle quali la magistratura ritenne necessario disporre il sequestro delle videocassette per verificare la sussistenza del reato di vilipendio della religione e altre eventuali responsabilità penali.

A Montecitorio e a Palazzo Madama, invece, si manifestò sin dalle prime ore del mattino un evento unico e stupefacente. Accadde che non un solo deputato, o senatore, quel giorno, vi mettesse piede, così che per tutto l'arco di quella interminabile giornata i commessi rimasero padroni assoluti, e indisturbati, di quei luoghi altamente rappresentativi. L'esame delle registrazioni effettuate dalle telecamere di sorveglianza sparse un po' ovunque mostrò le immagini sconcertanti del festino estemporaneo che gli stessi commessi vi allestirono, trascinati dal soffio di una hybris insensata e anarchica.

L'indomani, tre dei quotidiani più accreditati della nazione, con increscioso tempismo, uscirono con lo stesso titolo: *Chi controlla i controllori?*

41

La sala era gremita sino all'inverosimile e, quando la voce stentorea della Pilenghi evocò il nome dell'artefice della vittoria, il pubblico scattò in piedi, applaudendolo freneticamente.

Il segretario comparve sul palco, e subito fu stretto dagli abbracci dei colleghi di partito, amici e nemici. Bottini, seduto in prima fila accanto a Furlan, vedendolo incedere con passo sicuro verso il centro del proscenio, ebbe la sensazione fastidiosa di un dejà vu. Giunto davanti al microfono, il segretario si fermò, in silenzio, irretito dal frastuono osannante che gli stava tributando la platea, avvolta nel retorico e appagante assetto di un'interminabile standing-ovation. Anche Furlan e Bottini stavano spellandosi le mani quando finalmente egli si decise a parlare.

"Un filosofo geniale ha detto che il mondo è ciò che accade, quello che è accaduto oggi era nell'aria, noi abbiamo avuto il merito di catalizzarne l'avvento. I regimi e i despoti che prestano loro il volto hanno sempre l'illusione di durare in eterno, pensano cioè di potere evitare la definitiva resa dei conti. L'Italia meritava qualcosa di meglio per il proprio futuro, e noi gliel'abbiamo dato. Ora bisogna onorare l'impegno, e restituirle la dignità perduta. "

Furlan si accostò all'orecchio di Bottini, per dirgli qualcosa, ma poi desistette. L'amico, con lo sguardo, lo incoraggiò a continuare.

"No, è una cosa che forse non dovrei dirti, una di quelle idee sciocche che si impossessano di te e di cui non riesci facilmente a liberarti. Quando Oliveri ha cominciato a parlare, mi è venuto un dubbio."

Furlan si fermò, sospeso, un guizzo sornione a smuovere il velo dei suoi occhi malati. Bottini lo fissò sardonico, senza un cenno di reazione. Il vecchio non lasciò spazio al suo gioco e lo incalzò: "Siamo sicuri che è...?"

Andrea tornò a guardare verso il palco, dove il segretario continuava il suo discorso. Per un attimo ne seguì i gesti togliendo il sonoro. Era un espediente che metteva spesso in atto, creare il silenzio dal nulla, per artificio. Tornò a Furlan, al suo micidiale interrogativo. Lo guardò e allargò le braccia in un gesto disarmato, che non escludeva nulla.

Il vecchio, inquieto e a disagio, volle ancora scrutare il segretario. Si mosse con la carrozzella in direzione del palco, avvicinandovisi ancora. Bottini si rilassò, immergendosi di nuovo in quel suo film privato, una strana pellicola nella quale un uomo gesticolava in silenzio su un palco davanti a una platea adorante. Dopo un po' si voltò indietro, a cercare qualcuno. Si soffermò a contemplare la fuga di facce appagate della sterminata platea, a destra, a sinistra.

La trovò nelle ultime file, appartata come sempre. Anna se ne stava lì, in ascolto, con un lieve sorriso a fior di labbra. Ogni tanto si voltava verso il pubblico a spiarne le reazioni. A un certo punto sentì che qualcuno la stava osservando, e, con un gesto netto, si voltò per intercettarlo. Tra lei e Bottini passò una lunga occhiata, senza cerimonie o finzioni. Lui, imbarazzato dal protrarsi dello sguardo, le fece un sorriso, continuando a frugare il suo volto impenetrabile. Lei ricambiò, aprendosi a sua volta a un sorriso radioso, che ne amplificò il mistero.

In quello stesso istante, in aula, ci fu uno scroscio di applausi. Andrea fece appena in tempo a voltarsi e a vedere il segretario che usciva di scena. Cercò la carrozzella di Furlan, ma non c'era più.

42

Una noiosa pioggia inglese, inesorabile. Maxime imboccò il viale lungo il lago e, dopo pochi passi, avvistò la panchina dove lo stavano aspettando Annette e Paul. Per un attimò si fermò a guardarli, non visto, poi affrettò il passo e li raggiunse.

“Non ce l’abbiamo fatta: non siamo entrati nella terna. Hanno trovato la nostra esecuzione troppo tecnica, anzi, alquanto freddina...” la sua voce era studiatamente grave. Paul si batté il pugno sulla gamba, con violenza. Il volto di Annette tremò e in un attimo si riempì di lacrime.

“Mi dispiace molto, ragazzi, ma mi sembra opportuno trarne le necessarie conseguenze. Il nostro progetto è fallito. Personalmente penso che il trio vada sciolto. Ma voglio che ci pensiate anche voi, e rispetterò le vostre decisioni. Ora scusatemi ma vado a buttarmi sul letto, sono esausto...”

Annette aspettò che si allontanasse e cercò con gli occhi Paul. Le loro mani s’intrecciarono, strette.

Stop!, il grido del regista ruppe il silenzio della valle propagandosi raddoppiato nella calma grigia del lago.

Di corsa, Danielle schizzò verso l’albergo. In una saletta attigua alla hall, davanti al televisore acceso, c’era già l’assistente, Marà. Le immagini sul video stavano diffondendo la folla esultante di Piazza del Popolo e il discorso di ringraziamento del segretario. Danielle si inginocchiò a guardarle, felice. Quella notte, contravvenendo alle disposizioni scritte sulla busta che le aveva lasciato il segretario, avrebbe letto la sua lettera.

Cara Danielle,

mi sono sempre chiesto che cosa si prova ad amare due uomini che sono uguali. Parlo dell'uguaglianza assoluta, quella per la quale se qualcuno fosse nella stessa stanza con entrambi non saprebbe chi è l'uno e chi è l'altro. Mi sono sempre arrovellato su un quesito insidiosamente frivolo: se, dato che la voce è uguale, debba essere uguale anche il resto. Forse non è così, non c'è una coincidenza totale, dopotutto è per questo motivo che è stata inventata l'anima, no? C'è sempre il rischio che uno sia la controfigura dell'altro e questo è il panico speciale che ci è stato riservato.

Penso che per te, a Cannes, sia scattata una molla perversa. Noi non facciamo che respingere le nostre turpi immaginazioni e invece dovremmo accoglierle, verificarle, renderle innocue dando loro la legittimità che meritano.

Io ho sempre inseguito la singolarità, ma inseguirla sapendo che essa è un postulato che può da un momento all'altro essere contraddetto, è inutile, oltre che dannoso. A te sono sempre piaciute le complicazioni, perché ne sei del tutto immune. La politica in quanto tale non può prendersi carico delle complicazioni, i miei colleghi mi hanno sempre rimproverato di leggere troppa narrativa. Anche Togliatti pare che leggesse di continuo romanzi, era infaticabile. Non so cosa se ne facesse, poi, nella pratica. La politica non può occuparsi delle coincidenze, tantomeno del fugace. Strano mestiere, la politica. Mi è sempre piaciuto ma sarebbe stato facile detestarlo. Per le cose che mi ha fatto perdere, per quelle ingrate che mi ha fatto vivere. "Non confermo né smentisco." Se ci pensi questa che è la frase più abituale e corriva del politico contiene una certa finezza metafisica, è un trucco da quattro soldi ma non del tutto disonesto. Ci sono mille occasioni della vita in cui sarebbe possibile dire "non confermo né smentisco". Il nostro rapporto, per esempio.

Cara Danielle, è vero, le persone cruciali della nostra vita restano accanto a noi per sempre e non ci lasciano mai. Ci lega a loro un filo invisibile che solo gli imbecilli riescono a tagliare. Nello stesso tempo, sia noi che loro, cambiamo. La strana fedeltà che ci unisce è miracolosamente legata a qualcosa che permane: il ricordo; e a qualcosa inesorabilmente condannato a svanire: il sentimento. Si vorrebbe essere fedeli al ricordo, perché si vorrebbe rimanere fedeli a se stessi. Ma è impossibile, forse anche ingiusto. Quando ho cominciato a fare politica, trent'anni fa, ero un uomo in fuga. Innanzitutto, in fuga da te. Poi, non meno rilevante, in fuga da me. Credo di esserlo tuttora. La politica mi ha solo dato l'illusione di poter fuggire rimanendo al mio posto. Mi ha fatto molto piacere incontrare Mung, e credo di dovergli la scoperta di una cosa essenziale. Ogni minuto che passa è un varco verso ciò che non è ancora accaduto. Lui questo lo definisce romanzo, io perdita. Può darsi che le due cose siano intrecciate.

Come sai, i saluti mi atterriscono, dunque dài tu, da parte mia, un bacio a Helen. E salutami tutti gli amici della troupe, soprattutto Bertrand e Marà, che mi hanno insegnato molto.

E ricordami…

Anche Mung, da casa, volle assistere dal televisore al trionfo del segretario, in compagnia di Helen, appena rientrata dalla colonia. Fu lei, più tardi, a chiedergli di aprire una bottiglia di champagne per brindare alla vittoria dell'amico.

Lo stesso accadde nella saletta d'attesa del Centro ricreativo di salute mentale dove gli infermieri quella stessa mattina avevano piazzato un televisore, trafugandolo dalla stanza dei medici di guardia. Era domenica, e, eccezionalmente, nella sala per le attività ricreative stava svolgendosi il ballo dei pazienti, che quella sera prevedeva il tango. Anche lì, per la circostanza elettorale, era stato montato uno schermo gigante, sul quale nel corso dei numeri di danza passarono le immagini di festa del segretario attorniato dai militanti in tripudio.

Visto in quella condizione, il reparto, ormai deserto, faceva la strana impressione che fanno sempre i luoghi vissuti e, nel momento del pericolo, abbandonati. Tutte le porte delle camerate erano aperte, e lasciavano intravedere gli oggetti dei degenti – pantofole, gocce ansiolitiche, lassativi, riviste, merendine, radio, sacchetti di plastica di varia foggia, pannoloni, pigiami – come se fossero reperti di una vita, improvvisamente e per ragioni misteriose, svanita.

Solo una porta era socchiusa: spiando al suo interno si potevano intravedere i piedi di un uomo disteso sul letto, senza però vederne il volto. Occhieggiando dallo spiraglio, si potevano scorgere, sul comodino accanto al letto, dei libri e un paio d'occhiali, insieme alla sua mano, che, seguendo lo swing della musica diffusa dalla sala da ballo, tamburellava allegramente.

Ringraziamenti

Non sarò mai sino in fondo in grado di esprimere la mia gratitudine a Sergio Claudio Perroni per l'intelligenza e la sapienza che ha speso su queste pagine. Scoprire insieme a lui la voce in grado di intercettare gli echi che vi si nascondevano è stato un privilegio, oltre che un piacere.

Angelo Pasquini, mio complice per una riscrittura di questa storia per il cinema, è entrato nella vicenda del mio segretario riversandovi da subito la grazia di chi ne avesse già abitato i meandri. Devo molto al suo sguardo speciale e alla sua delicatezza nell'accompagnarmi.

Sono molto grato a Marco Tullio Giordana, che lungo la strada mi ha confortato e incoraggiato a proseguire il disegno di questo romanzo. Così come lo sono a Roberto Minutillo Turtur, tra i primi a riceverne il racconto a viva voce.

Un ringraziamento particolare va a Eduardo Rebulla e Francesca Scordato, miei angeli custodi.

L'invito che Elisabetta Sgarbi mi rivolse anni fa, chiedendomi se stessi scrivendo qualcosa, ha fatto da sprone costante nei momenti difficili della scrittura. La ringrazio e mi scuso di averla fatta aspettare tanto.

Un ricordo affettuoso vorrei rivolgere a Paolo Viola,

amico che non c'è più, autore di un prezioso saggio sulla Rivoluzione Francese, *Il trono vuoto*.

Valerio Magrelli si è ancora una volta prestato al ruolo di primo lettore nonché talismano. Ringrazio anche lui. E ringrazio Salvatore Marcarelli, per l'eco feconda di conversazioni passate, sempre risonanti.

E naturalmente sono grato a Lia e a Giulia per l'intransigente severità e l'inarrivabile amore con cui hanno partecipato alle varie fasi di questo lavoro. Ma questa è vita.

Postfazione
di Andrea Camilleri

Questo romanzo di Roberto Andò, *Il trono vuoto*, ha molti notevolissimi pregi, e non solo letterari, il primo dei quali è il tema portante, di certo inusitato e scivoloso, e cioè quello della vita politica in Italia ai giorni nostri.

Vi ho ritrovato, e lo confesso non senza una certa commozione, un'eco dell'impegno civile di certi romanzi di Leonardo Sciascia, come *Il contesto*, tanto per citarne soltanto uno.

Un tema così complesso e impegnativo, che potrebbe risultare troppo gravoso o scostante per i gusti dei più, è stato però trattato da Andò, e questo è indubbiamente il suo secondo grande merito, con tanta elegante e accattivante *souplesse* che spesso il lettore volentieri si abbandona divertito al gioco paradossale delle scomparse e delle ricomparse, degli equivoci, degli scambi di persona, degli amori più o meno fugaci.

Un romanzo sulla politica dunque, e sulla politica italiana dei giorni nostri, ambientato poco prima dell'avvento dei quaresimalisti. Ma sbaglierebbe chi s'aspettasse di trovarvi una narrazione analitica e critica del recente passato vergognoso e obbrobrioso, anche se non vi mancano frequenti accenni così come non mancano accenni ancor più risentiti alla corruzione e all'usuale dispregio delle regole, perché in sostanza quella di Andò è una profonda meditazione sulla crisi generale della politica della sinistra in Italia.

Per inciso, va detto che recensendo il libro su "Panorama", due autorevoli politici di sinistra come Walter Veltroni e Matteo Renzi si sono dichiarati d'accordo con l'autore, almeno sulla necessità di un totale cambiamento di registro. Ma sarebbe stato perlomeno sorprendente se avessero dichiarato parere avverso.

Entriamo nel merito dal punto di partenza. Perché nel romanzo Enrico Oliveri, il segretario del più grande partito di sinistra italiano, tra l'altro in caduta libera nei sondaggi, decide da un giorno all'altro di abbandonare tutto e di scomparire senza avvertire nessuno? E in concomitanza con le elezioni? Paura della sconfitta? Paura del dover affrontare le proprie responsabilità? Nel caso specifico, non precisamente, anche se Andò, attraverso le parole di un suo personaggio, individua nella paura la spiegazione del comportamento di tanta politica.

Da giovane, Oliveri, grande ed entusiasta cinefilo, avrebbe voluto ardentemente fare solo del cinema, ma non essendoci riuscito, ferito e profondamente disilluso, privato della sua ragione di vita, della spinta vitale, si "butta" nella politica che considera "il lavoro ideale per chi non vuole vivere". Ma fare politica si rivelerà essere, per lui, una progressiva perdita di senso, al punto tale da impedirgli persino di presentarsi sia pure come un attore davanti a un pubblico anonimo. Scompare nel tentativo di ritrovare altrove un motivo plausibile al suo continuare a esistere.

Quindi l'approccio di Enrico Oliveri alla vita politica è stato un approccio decisamente tarato, falsato, non mosso da naturale passione o da sopravvenuto vero interesse. Però non credo che si tratti di un caso limite. Sono convinto che il degrado della politica, la perdita della sua funzione anche etica, sia da ricercarsi, in molti uomini politici, anche nella mancanza di una vocazione autentica. Insomma, lo stesso fenomeno dei tanti che andavano in seminario e diventavano preti per trovare, più che altro, una sistemazione nella vita. D'altra parte, l'ambiente nel quale Oliveri si trova ad agire non è che abbia orizzonti più vasti dei suoi. Le invidie, gli sgambetti, le trappole sono all'ordine del giorno, se ne fa un uso quotidiano. E concorrono a creare quell'horror vacui che a un tratto Oliveri avvertirà come un pericolo mortale.

Allora sorge nel lettore immediata la domanda. Come ha fatto un uomo senza sostanziali qualità, un uomo impagliato, direbbe Eliot, a scalare il vertice del suo partito? Forse perché il campo di scelta era formato da persone ancor più mediocri, più impagliate di lui? Di conseguenza, la prima domanda, e non da poco, che il romanzo sottende diventa questa: con quali criteri il gruppo dirigente di un partito diventa gruppo dirigente? Un tempo la selezione, che avveniva attraverso il lavoro nelle sezioni prima, il contatto diretto con le masse poi e infine nelle scuole di partito, era molto rigorosa e finiva col portare in primo piano i più preparati. Ma adesso?

Ed ecco che così, sin dal principio, il romanzo di Andò entra a vele spiegate nell'agitato mare della nostra politica d'oggi.

A trovare una soluzione alla tragicomica situazione è il segretario di Oliveri, Bottini, suo alter ego, e forse la sua stampella, il suo suggeritore, che nei meandri dei labirinti del sottopotere sa muoversi con abilità. Tamponata la curiosità di tutti con la scusa di un leggero malessere che ha colpito il segretario costringendolo a qualche giorno di ricovero, Bottini, saputo da Anna, la moglie di Oliveri, che l'unico che forse possa intuire dove si sia nascosto il segretario è un misterioso Ernani, prima di andarlo a trovare in un lercio caseggiato della periferia romana, si documenta su di lui. Apprende così che Ernani è lo pseudonimo del fratello di Oliveri, Giovanni, un filosofo di un certo spessore da poco dimesso da una casa di cura per malattie mentali. Si reca nel suo appartamento e qui ha la sorpresa di trovarsi di fronte al gemello del segretario, identico all'altro, solo che il filosofo ha i capelli grigi. Vanno in trattoria e qui un giornalista politico scambia il filosofo per il segretario. Giovanni sta al gioco, e alla domanda del giornalista se i suoi capelli si siano ingrigiti a causa della malattia, risponde testualmente: "No, sono un messaggio agli italiani. Siate onesti, smettete di tingervi". Non è più tempo di menzogne, dunque. La risposta folgora tanto il giornalista quanto Bottini. Che, con l'aiuto di Anna e il divertito consenso di Giovanni, ordisce un piano a livello della follia del filosofo, vale a dire spacciare il filosofo come il segretario ritornato in piena forma dopo l'assenza per malattia.

Il piano riesce perfettamente. La novità delle parole del filosofo incanta, entusiasma e trascina. Il partito rifiorisce, rinasce a nuova vita, conquista nuovi aderenti. E mentre il partito, nei sondaggi, riesce a scalare una sbalorditiva maggioranza, il vero segretario rinunciatario, rifugiatosi in Francia in casa di Danielle, un suo grande amore giovanile ora sposata con un regista, si rifà lentamente una vita anonima come attrezzista di cinema.

In questa parte del romanzo, quella che racconta il ritorno di Enrico alla vita autentica, si trovano a mio avviso le pagine narrativamente più felici, soprattutto quelle dedicate al rapporto tra il segretario e la bambina figlia di Danielle.

Per inciso, ma solo per inciso, dirò che ho trovato singolare come nel punto nodale del romanzo, quando cioè il giornalista scambia il filosofo per il segretario e il filosofo fa il suo appello agli italiani sulla necessità dell'onestà, egli stesso, per primo, agisca disonestamente avvalorando l'equivoco del giornalista. Citando in esergo una frase di Thomas Bernhard, "ogni originale è già di per sé una contraffazione", Andò ha voluto mettere le mani avanti? Ma il fatto resta. E allora: vogliamo leggere l'episodio come l'impossibilità della politica, anche di quella buona, a essere totalmente pervasa di sincerità o vogliamo attribuirlo al fatto che il filosofo spesso e volentieri scivola nella follia?

Ma qual è la sostanziale rivoluzionaria novità rappresentata dal filosofo?

La prima volta che parla in pubblico spacciandosi per il segretario scomparso, enuncia la teoria che politica e industria vivano speculando su catastrofi vere, presunte o inventate e come il suo partito ne sia stato complice; la seconda volta, in un direttivo sul problema delle alleanze, quando gli domandano il suo parere risponde canticchiando un'aria della *Carmen* dove però è implicita la risposta. Ma all'uscita da quel direttivo è più esplicito coi giornalisti citando Goethe e sostenendo che l'unica alleanza possibile è con la coscienza della gente. Poi c'è l'incontro-scontro con il Presidente del consiglio durante l'attesa nell'anticamera del Capo dello Stato, e appresso il grande comizio davanti a una folla straripante che ormai delira per lui. Il finto segretario non pronunzierà una parola sua, dirà una poesia che Brecht compose durante l'esilio danese intitolata *A chi esita*.

Alla fine, la folla rimane un istante muta, poi esplode in

un boato d'acclamazioni. Cito le parole conclusive dell'episodio: "Molti scrissero che finalmente qualcuno restituiva dignità al senso di una lotta offuscata dall'impotenza e dalla mistificazione".

E mi pare che proprio in queste parole sia condensato il messaggio politico del romanzo.

Certo, un politico che facesse un comizio citando solo ed esclusivamente una poesia sarebbe considerato un pazzo. Infatti Giovanni è un pazzo. Ma è soprattutto un filosofo e sicuramente avrà letto e approfondito i testi giusti. Giovanni sa di sicuro che cos'è l'agire comunicativo di Habermas, quello dove i progetti d'azione politica non si basano su egocentrici calcoli di successo, bensì su atti dell'intendersi reciproco. E sono tanti gli atti dell'intendersi, senza bisogno perciò di scomodare Brecht. Ma quanti sono i politici nostrani disposti a imparare da un libro di alta filosofia politica?

*Aprile 2012**

* Questo testo è apparso in forma ridotta su "Il sole 24 ORE" l'8 aprile 2012.

Bompiani ha raccolto l'invito della campagna
"Scrittori per le foreste" promossa da Greenpeace.
Questo libro è stampato su carta certificata FSC,
che unisce fibre riciclate post-consumo a fibre vergini
provenienti da buona gestione forestale e da fonti controllate.
Per maggiori informazioni: http://www.greenpeace.it/scrittori/

I GRANDI Tascabili Bompiani
Periodico quindicinale anno XXIII numero 1284
Registr. Tribunale di Milano n. 133 del 2/4/1976
Direttore responsabile: Elisabetta Sgarbi
Finito di stampare nel mese di ottobre 2014 presso
il Nuovo Istituto Italiano d'Arti Grafiche - Bergamo
Printed in Italy